华 文 经 典

HUAWEN

S PERIOR

我允许你，在我心上行走

全 世 界 最 美 的 情 书

THE MOST BEAUTIFUL LOVE LETTER IN THE WORLD

张进步 程碧 / 主编　早藻 / 译

中国致公出版社
China Zhigong Press

图书在版编目（CIP）数据

我允许你，在我心上行走：全世界最美的情书 / 张进步，

程碧主编；早藻译. -- 北京 ： 中国致公出版社 ，2018

ISBN 978-7-5145-1170-3

Ⅰ. ①我… Ⅱ. ①张… ②程… ③早… Ⅲ. ①书信集

- 世界 Ⅳ. ①I16

中国版本图书馆 CIP数据核字（2017）第 304215号

我允许你，在我心上行走：全世界最美的情书

张进步 程碧 主编 早藻 译

责任编辑：孙兴冉

责任印制：岳 珍

出版发行 中国致公出版社
China Zhigong Press

地　　址：北京市海淀区翠微路2号院科贸楼

邮　　编：100036

电　　话：010-85869872（发行部）

经　　销：全国新华书店

印　　刷：北京旭丰源印刷技术有限公司

开　　本：880毫米×1230毫米　　1/32

印　　张：9

字　　数：235千字

版　　次：2018年4月第1版　　2018年5月第2次印刷

定　　价：58.00元

目录
CONTENTS

T

THE UNITED STATES 美国篇

爱伦·坡 / 马克·吐温 / 杰克·伦敦
李普曼 / 菲茨杰拉德 / 海明威

埃德加·爱伦·坡

1809.1.19 - 1849.10.7

萨缪尔·兰亨·克莱门

1835.11.30 - 1910.4.21

约翰·格利菲斯·伦敦

1876.1.12 - 1916.11.22

沃尔特·李普曼

1889.9.23 - 1974.12.14

弗朗西斯·斯科特·基·菲茨杰拉德

欧内斯特·米勒·海明威

THE UNITED KINGDOM 英国篇

乔治·拜伦 / 雪莱 / 约翰·济慈 / 芭蕾特 / 狄更斯
夏洛蒂 / 弗吉尼亚·伍尔芙
曼斯菲尔德 / 温莎公爵 / 费雯·丽 / 伊丽莎白·泰勒

乔治·戈登·拜伦

珀西·比希·雪莱

夏洛蒂·勃朗特

艾德琳·弗吉尼亚·伍尔芙

凯瑟琳·曼斯菲尔德

温莎公爵

FRANCE 法国篇

伏尔泰 / 卢梭 / 拿破仑
巴尔扎克 / 雨果 / 乔治·桑
缪塞 / 福楼拜 / 萨特 / 波伏娃 / 萨冈

Germany 德国篇

歌德 / 席勒 / 贝多芬 / 海涅
罗伯特·舒曼 / 马克思

约翰·沃尔夫冈·冯·歌德

约翰·克里斯托弗·弗里德里希·冯·席勒

路德维希·凡·贝多芬

海因里希·海涅

R

RUSSIA 俄国篇

普希金 / 屠格涅夫 / 托尔斯泰 / 柴可夫斯基
契诃夫 / 莎乐美 / 茨维塔耶娃

亚历山大·谢尔盖耶维奇·普希金

1799.6.6-1837.2.10

伊凡·谢尔盖耶维奇·屠格涅夫

1818.11.9-1883.9.3

列夫·尼古拉耶维奇·托尔斯泰

1828.9.9-1910.11.20

《谁是谁暗夜里的莹光》
定价：45.00 元

温情实力派作家顾长安
与你一同体验顾氏"撕裂
式爱情"

《细雨慢煎一湖春》
定价：49.90 元

美学大师朱光潜
42 篇有趣文字
谈美、谈生活情趣、
谈留学往事、亦谈老友

《朱光潜谈美三十六讲》
定价：49.90 元

美学大师朱光潜
谈美作品完整本
畅销 80 年
一版再版的经典之作

《我允许你，在我心上行走：
全世界最美的情书》
定价：58.00 元

见字如面，
那些老派的令人心动的爱情

《我要对你做，春天对樱桃树
做的事 全世界最美丽的情诗》
定价：49.00 元

全世界 18 个国家
62 位诗人的 98 首情诗，
四色精美图本

彼得·伊里奇·柴可夫斯基

安东·巴甫洛维奇·契诃夫

露·安德烈亚斯·莎乐美

玛琳娜·伊万诺夫娜·茨维塔耶娃

AUSTRIA 奥地利篇

莫扎特 / 弗洛伊德 / 里尔克 / 茨威格

沃尔夫冈·阿玛多伊斯·莫扎特

1756.1.27-1791.12.5

西格蒙德·弗洛伊德

1856.5.6-1939.9.23

赖内·马利亚·里尔克

1875.12.4-1926.12.29

斯蒂芬·茨威格
1881.11.28-1942.2.22

OTHERS 其他

裴多菲 / 诺贝尔 / 梵·高 / 乔伊斯 / 卡夫卡
纪伯伦 / 萨尔瓦多·达利 / 弗里达·卡罗

裴多菲·山陀尔
1823.1.1-1849.7.31

阿尔弗雷德·贝恩哈德·诺贝尔

萨尔瓦多·多明哥·菲利普·哈辛托·达利－多梅内克

1904.5.11－1989.1.23

弗里达·卡罗

1907.7.6－1954.7.13

/ 李普曼 /

/ 36 岁的马克·吐温 /

/ 杰克·伦敦和女儿贝斯（左）和琼（右） /

/ 菲茨杰拉德与妻子泽尔达 /

/ 菲茨杰拉德 /

/　海明威和第一任妻子哈德莉　/

/　海明威和第二任妻子波琳　/

/ 海明威第三任妻子玛莎 /

/ 海明威和第四任妻子玛丽 /

/ 乔治·桑在诺昂的庄园 /

/ 伊丽莎白·泰勒 /

/ 费雯·丽 /

/ 费雯·丽和劳伦斯·奥利弗 /

/ 温莎公爵和辛普森夫人 /

/ 晚年的萨特和波伏娃 /

/ 伍尔芙和丈夫伦纳德生活过的房子 /

/ 伍尔芙和丈夫伦纳德 /

/ 萨冈 /

/ 里尔克 /

/ 里尔克在瑞士的墓碑 /

/ 莎乐美 /

/ 契诃夫 /

/ 弗里达·卡罗（中）和丈夫迭戈·里维拉，1932 年拍摄 /

/ 少年时期的梵·高 /

/ 达利35岁时 /

美国篇

THE UNITED STATES

爱伦·坡 / 马克·吐温 / 杰克·伦敦
李普曼 / 菲茨杰拉德 / 海明威

Edgar Allan Poe

Mark Twain

Jack London

Walter Lippmann

Francis Scott Key Fitzgerald

Ernest Miller Hemingway

埃德加·爱伦·坡

1809.1.19-1849.10.7

爱伦·坡原本出生在一个体面的家庭，父母都是剧团的演员，而且母亲当时在美国戏剧界小有名气。1810 年，在爱伦·坡出生一年后，父亲因其艺术之路受挫而离家出走，从此销声匿迹。一年后，母亲在里士满去世，不久后，爱伦·坡被里士满富裕的烟草商人弗朗西斯和约翰·爱伦夫妇收养。

爱伦·坡 6 岁时跟随养父母一家辗转于苏格兰和伦敦之间，并在伦敦上了一段时间学。1820 年，11 岁的爱伦·坡回到了里士满，并在当地的一所私立学校继续学业。回国后的三四年间，爱伦·坡渐渐开始了诗歌创作，先后创作了《诗》《哦，时代，哦，风尚》《致玛格丽特》等作品，虽然有些作品在爱伦·坡在世时从未被发表，但年纪尚轻的他已经展现出了文学方面的天赋。

少年时代的爱伦·坡倾慕着同学罗伯特·斯坦纳德的母亲，她端庄美丽，他视其为美的化身。当 31 岁的斯坦纳德夫人病故时，他为此伤心欲绝，很长一段时间内神思忧郁，常常从噩梦中惊醒，而且多次在夜里到斯坦纳德夫人的墓前哭泣。他把她描写为"我心灵第一个纯理想的爱"，这种"痛失之美"成为爱伦·坡 1831 年发表的《致海伦》一诗的灵感来源。

1825 年，爱伦·坡进入弗吉尼亚大学学习。他此前曾和初恋女友莎拉·爱弥拉·罗伊斯特定下终身，但在大学期间，两个人失去了联系。后来因学费的问题，他中途退学回到里士满时，发现自己的初恋女友已经嫁给他人。爱伦·坡在大学期间染上了赌博和酗酒的习惯，在这段人生和情感迷茫的时期，爱伦·坡因为学业问题和养父产生了一些矛盾，两人几乎决裂，他离开家开始了漂泊的生活。

没有了养父的资助，爱伦·坡迫于生计，化名参加了美国陆军部队，并在这段时期说服一名年轻的出版商出版了他的第一本诗集《帖木儿及其他诗》，但这本诗集的发行量甚少，几乎没有得到关注。

随着在部队的不断升迁，他进入了西点军校。在进入西点军校之前，爱伦·坡在巴尔的摩住了一段时间，借住在他孀居的姨妈玛丽亚·克莱姆家，同住的还有玛丽亚的女儿弗吉尼亚、爱伦·坡的哥哥亨利、祖母伊丽莎白。1829 年，爱伦·坡在巴尔的摩出版了他的第二本诗集《阿尔阿拉夫、帖木儿及小诗》。爱伦·坡进入西点军校半年后，不想被严苛的军校生活束缚住自己对文学的渴望，他设法把自己送上了军事法庭，并如愿被开除。在西点军校同学的资助之下，爱伦·坡出版了自己的第三本诗集，这本诗集简单地命名为《诗集》。

随后，爱伦·坡将写作重心转向了随笔和小说。1833 年，爱伦·坡的短篇小说《瓶中手稿》获奖。1835 年 8 月，爱伦·坡从巴尔的摩赴里士满任《南方文学信使》的助理编辑，并创作了他唯一的戏剧剧本《波利希安》。

1836 年 5 月，爱伦·坡同他 14 岁的小表妹弗吉尼亚结婚。婚后的爱伦·坡是有过欢乐和幸福的，但更多的是在为支撑这个三口之家而苦苦挣扎。这段时期爱伦·坡创作了大量的科幻和恐怖小说，有《丽姬娅》《钟楼魔影》《厄舍府的倒塌》《人群中的人》《莫格街谋杀案》等，同时也在为创办一份自己能做主的文学刊物而四处奔波。

几年之后，弗吉尼亚患了严重的肺病，并且愈发严重，他在妻子病重的压力下，酗酒更加严重。在如此高压之下，他创作出了《玛丽·罗热疑案》《陷坑与钟摆》《泄密的心》《丽诺尔》《金甲虫》《黑猫》《乌鸦》等作品。但弗吉尼亚最终没能从那场病痛中好起来，一年后去世了。爱伦·坡深受打击，卧病在床，当年的创作几乎寥寥无几。

1848 年，爱伦·坡的身体状况渐渐好了起来，他在马萨诸塞州洛厄尔市演讲期间爱上了南希·里士满夫人，他亲昵地叫她"安妮"。但是，随后他在罗得岛州的普罗维登斯喜欢上了萨拉·海伦·惠特曼，并开始了对她的追求，他请求这位 45 岁的孤孀女诗人同他结婚。但惠特曼因听说过他"放荡不羁"的性格，所以对他的追求迟疑不决。爱伦·坡终日坐立不安，心神不定，在一次去见萨拉后，他服下了整整一剂鸦片酊，以此来麻醉自己。

1849 年 10 月 3 日，有人在巴尔的摩街头发现了处于昏迷状态的爱伦·坡，4 天后爱伦·坡在一家医院去世，他临死前说的最后一句话是："上帝保佑我可怜的灵魂。"

你是我最大的也是唯一的慰藉与动力

—— 爱伦·坡致弗吉尼亚

我亲爱的宝贝：

亲爱的弗吉尼亚，我们的母亲会向你解释为什么今晚我没和你在一起。我相信她向我承诺的这次会面，会使我受益颇多，为了亲爱的你，也为了她，充满希望吧，也再多一些信任吧。我亲爱的妻子啊，如果没有你，在上次的巨大打击中我会丧失勇气。奋斗挣扎在这失衡、压抑与冷漠的生活中，你是我最大的也是唯一的慰藉与动力。

明天我就要和你在一起了。我保证，我会把你上次的话和热诚的祝福深藏在心里，直到见到你。

晚安，愿上帝保佑你和你忠诚的爱人有一个祥和的夏天。

埃德加·爱伦·坡

我尚在人世，且一如既往地爱着你

——爱伦·坡致南希·里士满夫人

亲爱的安妮：

啊，安妮，我的安妮！两个星期过去了，你还没有收到关于我的信，我想告诉你，我尚在人世，且一如既往地爱着你。我清楚，你不曾怀疑我对你的爱，这一点给了我莫大的安慰。你可以指责我的缺点，我绝无怨言，但你如果觉得我对你的感情有虚假的成分，我是怎样都不能认同的。我多么想要与你并肩而坐，紧握着你的手，望着你的双眸，现在我只能用文字来表达对你的爱，希望你能真正明白我想表达的是什么。我的安妮，我以上所说的，我整个灵魂所要呈现的，都可以以一个〝爱〞字涵盖。我希望此时此刻我就在你的身边，哪怕让我以来生的幸福作为交换。安妮，我只想让你知道我对你的爱日月可鉴，我想你或许能够对我有些了解，以及我对你的狂热有所了解，只要你深知这一点，即便世间有再多苦楚，我也能心甘情愿地一并接受。

但是，我的安妮，我灵魂的妻子，我现在苦恼的是不知该如何向你解释，当我与你分别之后，我所承受的痛苦，你应该能够感觉得到，在我向你道别时，内心是一种怎样的惨淡光景。那时的我，就如同将死之人，当我将你拥在怀里，内心挣扎着不愿松开。直到抵达普洛维顿斯城，这一路上所发生的一切我都全然记不得了。晚上睡觉时，我躺在床上无声地哭了许久，在这个漫长的夜晚，我备受煎熬。清晨，我打算去外面散步，让清冷的空气驱散我的郁闷，然而无济于事，我仍处在痛苦的煎熬中。乘车来到波士顿后，我就立刻给你写了这封信，将我所有的心里话说给你听。我纯洁美丽的天使，我不顾一切爱着的人，原本想要告诉你我难以承受这份痛苦，但我的灵魂却迟迟不肯开口，为了你，我不得不保持应有的沉默。当我写完这封信后，我会吃点鸦片，再去邮局。

安妮，你真的就如此狠心吗？对我如此绝情吗？半点希望都不能给我吗？我想，如果我坚持下去，迟早有一天会抑郁而亡。我的爱人，请你慎重地想一想，我到底爱不爱你？你到底爱不爱我？能不能替我仔细思考一下这个问题呢？这个世界上，唯有爱你这件事让我觉得快乐，除此之外再无其他值得留恋的事物。我并没有什么大的奢望，我会租下一间小屋，然后远离嘈杂的环境，我要夜以继日地工作，付出绝对的努力，或许有朝一日可以取得成功。安妮，我多么想每天都能看到你，这是我此生最渴望却又最胆怯的奢望。

我以上帝的名义，希望你能认真地回答我，如果我有一天成了别人的人，你能接受这个现实吗？如果你的回答是不能，那么我则获得了前所未有的快乐。现在，我和我的母亲住在一起，她试图安慰我这颗受伤的心，但是，只有当她提起"我的安妮"时，才对我有些效果。她说之前给你写过信，想邀请你到福德姆来，但你拒绝了。我生病了，很严重，而且无药可医。除非你来摸我的额头，否则我必死无疑。我的安妮，你真的不能来一趟吗？只来几天都不可以吗？我要到什么时候才能抑制住这种痛苦，如若一直继续，我的生命将就此毁灭。再见，难道要从此老死不相往来吗？

埃德加·爱伦·坡

萨缪尔·兰亨·克莱门 [1]

1835.11.30-1910.4.21

马克·吐温 12 岁那年，他的父亲患肺炎去世，原本就很穷困的生活更加雪上加霜。马克·吐温不得不停止学业，去印刷厂当学徒工，这样的生活维持了 4 年。后来，马克·吐温开始给哥哥奥利安创办的《汉尼拔杂志》写草稿。随着写作水平的不断提高，17 岁那年，马克·吐温在波士顿的幽默周刊《手提包》上发表了处女作《拓殖者大吃一惊的花花公子》。

1867 年，32 岁的马克·吐温凭借幽默、犀利的文风已经有了一些名气，一家报纸邀请他去地中海地区旅行。在这艘游船上，马克·吐温认识了一位资本家的儿子查尔斯·兰登，两个年轻人一见如故，兰登把姐姐欧莉维亚的照片拿给马克·吐温看，他对照片里的女孩一见钟情。

同年的圣诞节，马克·吐温应兰登的邀请来到纽约上流社会经常光顾的圣尼古拉斯饭店。晚餐时，兰登将欧莉维亚和父母介绍给了马克·吐温。马克·吐温第一次见到爱慕已久的欧莉维亚，心里产生了一种强烈的愿望，他想要欧莉维亚小姐为妻。

第二年元旦，马克·吐温又见到了欧莉维亚。他的喜悦之情溢于言表，他向欧莉维亚表达了新年的祝福，而欧莉维亚被马克·吐温幽默、诙谐的言辞深

---

1. 马克·吐温的原名。

深地折服，两个人在欧莉维亚的公寓里待了 13 个小时，以至于马克·吐温原定拜访其他朋友的计划都落了空。这年的 8 月份，马克·吐温获得了去欧莉维亚家做客的机会。在欧莉维亚的家中，他们并肩散步，结伴游玩，马克·吐温的幽默总会让欧莉维亚开怀大笑，他们愉快地度过了两个星期。

马克·吐温与欧莉维亚的感情日益深厚，他觉得时机已经成熟，便向心上人提出了结婚的请求，结果却被欧莉维亚无情地拒绝了。在欧莉维亚看来，出身卑微的马克·吐温是配不上自己的，而且马克·吐温有抽烟喝酒的习惯，欧莉维亚的父母很讨厌这种行为。

马克·吐温被拒绝后并没有气馁，他恳请欧莉维亚与他保持书信往来，并认真地请她督促自己戒烟戒酒。欧莉维亚答应了他的请求。为了爱情，马克·吐温不再喝酒，并一次又一次地尝试着戒烟。在与欧莉维亚通信的两年时间里，马克·吐温一共给她写了 184 封信，每一封信都承载着他的满腹深情。

为了能够与欧莉维亚的身份相匹配，马克·吐温不断地写作、参加演讲。他演讲的现场常常人头攒动，掌声如雷。功夫不负有心人，马克·吐温的付出得到了回报，他成了炙手可热的演讲家。在纽约和华盛顿这样的大城市，他的名字频繁地出现在媒体和杂志的报道中，他的一言一行都备受关注。

马克·吐温在成名后再一次向欧莉维亚求婚，24 岁的欧莉维亚同意了这个请求，并于 1870 年与马克·吐温举行了婚礼。

我此生此世都将属于你

——马克·吐温致欧莉维亚

亲爱的欧莉维亚:

今天写给你的信已经寄出,我可以骄傲地说,无论在什么时候,只要我想,就一定能够给我最喜欢的姑娘写上一封信。此外,我有必要告诉你,如果我能够对你说"我爱你"该是多么幸福的一件事。欧莉维亚,我对你的爱是认真的,一如露水对鲜花的爱,鸟儿对阳光的爱,母亲对孩子的爱,我爱你,如同对曾经所熟悉的脸庞的眷恋,如同潮起潮落对月亮的眷恋,对你的爱如同天使般纯洁。

请收下我的吻与祝福,认命吧,我此生此世都将属于你。

附笔:写完之后,我又读了一遍,才发现遣词造句如此轻浮。我有些后悔了,怎么没有第一时间去睡觉,而是愚蠢地给你写了这样的一封信。鉴于你之前嘱咐过我,写下的任何信件都不允许毁坏,所以我就完好地寄给你。就请你烧掉它吧,我不敢相信自己写的信竟然如此语句不通,充满可笑的因素。我过于兴奋了,自然无法用理智去写信。

萨姆

1869 年

我们的出生和存在，就是为了彼此

——马克·吐温致欧莉维亚

亲爱的欧莉维亚：

为什么要解除我们的婚约？这简直是要了我的命。恳请你不要这样做，如果音符能够将人们的一言一行全部记录下来，那么我与你的婚约已然刻在了天堂中永恒的唱片上。我们的出生和存在，就是为了彼此，即便有强大的力量反对创造出我们的上帝，我们也不会因此分开。在我们之间，有看不见的枷锁，我们被捆绑在一起，这枷锁坚不可摧，任凭谁也毁灭不了，它是永恒的。

你说我们不该解除婚约，你的想法是绝对正确的，如若不然，我的生命将从此失去存在的意义。我明确一点，那就是除了你之外，我无法再爱上其他任何女人。如果失去了你的爱，我的生活也将失去全部的乐趣，也就如同生活在牢笼之中。

……

愿上帝与你同在，亲爱的，愿上帝的天使守护着你。

萨姆

于哈特福特，康乃狄格州

1869 年 5 月 9 日

约翰·格利菲斯·伦敦

1876.1.12-1916.11.22

杰克·伦敦出生在美国旧金山一个贫穷的农民家庭，童年时期饱尝了贫穷的滋味，8 岁时便开始到处打零工，曾在奥克兰市当过牧童、码头小工、帆船水手、麻织厂工人。在这段四处谋生的日子里，杰克·伦敦对知识如饥似渴，他在免费的公共图书馆里阅读了大量小说。

16 岁那年，杰克·伦敦失去了工作，他不得已在美国东部和加拿大一些地区流浪，并且因"无业游荡罪"被捕入狱，几个月以后才重获自由。

17 岁时，杰克·伦敦在一艘捕猎船上做水手，他和船员计划穿过朝鲜、日本海域，到白令海一带去猎捕海豹。在捕猎的途中，他忍受着恶劣的天气和沉重的苦役，学习猎捕海豹的种种技巧。捕猎归来后，杰克·伦敦把这段经历写成了散文《日本海口的台风》，参加了《呼声》杂志的写作比赛，夺得了第一名。后来创作的《北方的奥赛德》也是取材于这段冒险经历。

21 岁那年，杰克·伦敦跟随去阿拉斯加淘金的队伍踏上了淘金之旅，队伍走到育空河时，遇到了一条很凶险的大河。杰克·伦敦凭借着娴熟的驾船技巧，帮助那些愿意付钱给他的人把帆船开过去，为自己赚得了第一桶金。但在这段旅途中，因为没有新鲜水果和蔬菜供应，杰克·伦敦得了坏血症，他不得不和同伴返回，他们用 19 天完成了 1900 英里的航程，到了白令海峡，从那里回到了加利福尼亚。一路上经历的传奇故事为杰克·伦敦日后的小说《热爱生命》提供了写作的素材。

1900 年，24 岁的杰克·伦敦在没有考虑清楚的情况下，娶了贝西·玛德恩为妻，结婚后他们生了两个女儿。随后，杰克·伦敦遇到了查米恩。查米恩是个禀赋要强、个性独立、接受过良好教育的女性。查米恩和杰克·伦敦一样，喜欢旅行和冒险，可以说两个人是天生一对。1906 年，杰克·伦敦建造了一艘游艇——斯拿克号，他和查米恩开着这艘游艇环球航行。在游艇开往夏威夷的途中，杰克·伦敦开始创作半自传体小说《马丁·伊登》。每天上午，杰克·伦敦都会坐在舱口盖板上，聚精会神地写作。

1916 年 11 月 21 日，杰克·伦敦服用了过量的吗啡溘然离世。查米恩在杰克·伦敦去世后建了一个叫作"幸福墙屋"的房子，用来保存他的作品和遗物。

我是认真地为你痴狂

——杰克·伦敦致查米恩

心爱的人儿：

我现在明白了，在你甘愿托付终身之前，在你无悔地奉献自己的灵魂及爱情之前，在你彻底释放自己纤细的神经之前，我没有真正了解你对我的爱是以何种形式存在的，直到你的身体证实了你的灵魂，从未将一切传达给我时，我才最终得以了解！你的全部已经属于我了。如果你之前就同现在一般爱我，或许我并不能将你视作伟大的女人，我对你的爱慕之情也就不会如此汹涌。如果你重新翻阅我写给你的信，你就能够发现，在你彻底交出自己之前，我并不是一个疯狂的人。在你将自己的全部都交给我之后，我从此臣服于你，成为你最忠诚的奴仆，甘愿为你赴汤蹈火，做任何跟爱情有关的癫狂之事。

我的爱人，请相信我，我的话绝对没有夸张。当我表示自己已经成为你的奴仆时，绝对保持着应有的理性，如此，才能证明我是认真地为你痴狂。

杰克

1903 年 11 月 10 日

美 国 篇

沃尔特·李普曼

1889.9.23-1974.12.14

　　李普曼在 27 岁的时候，与菲伊结为夫妻。菲伊相貌普通，性格也不张扬，但李普曼很爱她。在他们婚后的 20 年时间里，菲伊履行着妻子的义务，照顾着李普曼的生活起居。但李普曼在 48 岁那年突然移情别恋，他爱上的女人是跟他相交 12 年的好友阿姆斯特朗的妻子海伦。

　　有一次，李普曼和海伦在一起吃晚饭，他们在餐桌上谈论关于婚姻和情感的话题，但是内容并没有涉及他们自身。吃完晚饭要离开的时候，海伦轻轻地碰了李普曼的手，并动情地望着他。在回去的路上，李普曼脑海中浮现的全是海伦望着他的样子，那深情凝望着他的眼神，李普曼怎么也忘不掉。

　　不久之后，阿姆斯特朗要出去开会。他心里牵挂着妻子，不愿让海伦一个人待在家里，于是打电话给李普曼，希望他能带海伦去外面吃饭。在这样的安排下，李普曼和海伦开始频繁幽会。他们通常在幽会后回到自己的家里，再与各自的另一半去同一社交场合参加酒会，李普曼牵着菲伊的手，海伦挽着丈夫的手臂，他们像刚刚才见面一样互相寒暄，说一句"好久不见"。

　　妻子菲伊对李普曼的婚外情早有察觉，但是她并没有过多地流露出来。有一次，在送李普曼去往欧洲的码头上，菲伊柔声地说："沃尔特，你真想回来的时候再回来好了。"就像菲伊所想的那样，李普曼的这次出行正是要与身在巴黎的海伦幽会。阿姆斯特朗起初并没有察觉到妻子和好朋友的反常，他对前往巴黎的李普曼说：“你也要去巴黎吗？到那一定要去看看海伦，她见到你一定很高兴。”

后来，李普曼写给海伦的 4 封信被误寄到了阿姆斯特朗的手里，阿姆斯特朗才知道妻子和好友的恋情。但阿姆斯特朗并没有恼羞成怒，依然希望和海伦继续生活在一起。海伦却向丈夫表示，如果李普曼离婚，她也一定会离婚。

海伦和阿姆斯特朗办理离婚手续期间，李普曼给阿姆斯特朗写了一封信，表达了自己因友情破裂而感受到的痛苦。那封信阿姆斯特朗连看都没看，从此与李普曼绝交，并且再也没有与海伦往来，一直到他去世。

阿姆斯特朗去世后，他当时的妻子克里斯塔在他的遗物中发现一个小包裹，上面附了一张纸条，上面写道：在我死后交给海伦。

这个小包裹里的就是当初李普曼写给海伦，但误转给阿姆斯特朗的那 4 封情书。至此，这 4 封情书，在走失了 36 年后，被海伦在垂暮之年第一次读到了。

你束缚着我，也解放着我，
甜蜜的爱情是你握在手中的法宝

—李普曼致海伦

海伦：

我正在我的书房里，此刻安静极了，我在这工作了许多年，但此时此刻这些原本熟悉的事物却变得陌生起来。现在我终于得出了答案，我身在书房，心已经飞到你的身边。只有我们共同关注的事物，才能让我专注起来，除此之外只能放任为之。

人只能独自远行千里，一旦超出这个范围，就绝对不行了。如果想远离那些不懂生活且以争吵为日常的人，仅仅靠想象是不能实现的……

我想你应该了解我，我已经想象出了一种更舒适的生活模式，但只能迷茫着、彷徨着，一个人呆呆地遥望着。直到有一天你出现，为我打开通向这种生活的大门。

我的爱人，这就是事实，你束缚着我，也解放着我，甜蜜的爱情是你握在手中的法宝。我如同一只关在笼中多年的老鸟，因为你，又可以展翅高飞了。

李普曼

1937 年 5 月 29 日

弗朗西斯·斯科特·基·菲茨杰拉德

1896.9.24 - 1940.12.21

　　菲茨杰拉德18岁时，在舞会上认识了吉内瓦·金，一位富有的美丽千金。两人一见倾心，但吉内瓦明白，她是不会和这个出身清贫的男人结婚的。1916年8月，菲茨杰拉德最后一次去吉内瓦家的时候，吉内瓦的父亲用"穷小子休想娶富家千金"终结了这段感情。这件事在菲茨杰拉德的心里留下了屈辱的印记。

　　1918年，菲茨杰拉德服役期间，在驻地阿拉巴马州蒙哥马利市的乡村舞会上，他走到了被人簇拥着的泽尔达身旁。面对泽尔达的注视，他有些手足无措，但仍磕磕巴巴地向她介绍了自己。随后菲茨杰拉德牵起她的手，跳了一曲华尔兹。在一圈又一圈旋转的舞步里，泽尔达和菲茨杰拉德恋爱了。但爱情并没有冲昏泽尔达的头脑，菲茨杰拉德向她求婚时，她提出了明确的甚至有些冷冰冰的条件，除非菲茨杰拉德能够有钱有名，否则他们不可能在一起。

　　泽尔达提出的条件对菲茨杰拉德而言并不是简单的事。菲茨杰拉德没有优渥的家庭背景，如果想要出人头地、名利双收，他唯一能做的便是靠自己最擅长的写作。如果他写的书能够畅销，他就能抱得美人归。菲茨杰拉德下定决心为爱情拼尽全力，于是他退伍，从少尉变成了文学青年，开始专注地创作自己的小说。那时，没有人能预测到菲茨杰拉德成败与否。

　　1920年，菲茨杰拉德的第一部小说《天堂这边》经过反复退稿和修改之后，终于得以出版。菲茨杰拉德因此一举成名，成了文坛和时代宠儿。这也意味着

24 岁的菲茨杰拉德在爱情上如愿以偿，泽尔达开心地投入了他的怀抱。

名利双收的他们有了足够的金钱，那时，菲茨杰拉德一年花费约 3 万美元（当时教师的年薪也不过 1000 多美金）。有了钱后两个年轻人彻底放飞自我，过起了纸迷金醉的生活，他们极速飙车、大闹酒店，做了很多出格行为。当一般的放纵都不足以满足他们的时候，泽尔达开始吸毒，菲茨杰拉德则沉迷于酒精。

不久后，泽尔达生下了女儿斯科蒂，但为人父母后他们也没有改变生活方式。作为文学界赫赫有名的一员，菲茨杰拉德带着泽尔达前往巴黎享受文学贵族的生活。众所周知，奢侈的生活需要金钱的支持，所以菲茨杰拉德不得不拼命写作。泽尔达虽然追求奢靡的生活，但她又不愿丈夫太过投身于写作，她常常拉着他出去参加舞会。泽尔达对丈夫有着极强的占有欲，就连菲茨杰拉德与海明威结为挚友这件事，也会遭到她的嫉妒。在一次舞会上，菲茨杰拉德与伊莎多拉·邓肯聊得十分尽兴，忽视了站在一旁的泽尔达，泽尔达便以自残的方式来抵抗。

这种纸迷金醉的生活让两个人疲惫且空虚，他们把家迁到法国度假天堂里威耶拉，想过一种平静的生活，但周遭美好的一切都没能让泽尔达的心情得到释放，反而常常情绪失控。1925 年，《了不起的盖茨比》出版后，菲茨杰拉德继续在酒精中沦陷，泽尔达的精神状况也开始出现问题。在一次情绪爆发后，她被医生诊断为精神分裂。为了让她能够健康生活，菲茨杰拉德鼓励她写自传，两年后，她完成了自传体小说《为我留下那首华尔兹》。

1934 年，泽尔达的精神分裂日益严重，菲茨杰拉德不得不将她送到医院接受专业的治疗。在相隔两地的日子里，他们保持着书信来往。从信中仍不难看出，菲茨拉杰拉德对泽尔达的爱一如既往。

由于过量饮酒，在泽尔达入院后的第六年，菲茨拉杰拉德死于心脏病，遗留一部未竟之作《最后的大亨》，44 年的人生就此结束；8 年后，泽尔达所在的精神病院发生大火，她也离开了她的欲望世界。

有你我才能继续生活

—— 菲茨杰拉德致泽尔达

亲爱的：

我顺着小路的方向看过去，看到你正朝我走来，此时薄雾还未彻底消散，朦胧之中看着你越来越近。

如果没有你，我就失去了知觉、视觉、听觉，等同于失去了活着的能力。

如果没有你，我如同置身狂风暴雨之中，卑微地祈求着怜悯，任由恐惧感蔓延。

我不知该如何清晰完整地表明对你的爱，想到你对此无法感同身受，我难过到快要窒息。

亲爱的，恳求你来到我的身旁，有你我才能继续生活。如果你成为他人所属，我会因此而感到心痛，但我更加清楚，我仍爱你。

菲

欧内斯特·米勒·海明威

1899.7.21 - 1961.7.2

1920年，21岁的海明威从意大利参战后退役，回归普通人的生活。11月的时候，哈德莉受姐姐的邀请来芝加哥做客，在芝加哥的肯兰公寓里，海明威与哈德莉初次见面。哈德莉比海明威大8岁，出身于圣路易斯的一个中上等家庭，是一位很有才华的钢琴家。那时海明威阳刚英气，哈德莉率真善良，他们给对方留下了很好的印象。在这间公寓里，哈德莉为海明威弹奏了一支曲子，美妙的钢琴声温柔了硬汉的心，海明威被哈德莉深深吸引了。

在芝加哥待了3个星期后，哈德莉告别了海明威，返回家乡圣路易斯，两个人开始通过书信往来。哈德莉在信中称海明威为"最亲爱的欧内斯特"。在她眼中，海明威走路的样子都是迷人的。海明威对哈德莉流露出硬汉的柔情，他在信中说："我是真心爱你，哪怕只有一分一秒，也值得，也无悔。"那时，海明威总是渴望去哈德莉身边，但他很穷，连一张火车票的钱都负担不起。

两人相识10个月后，在霍托湾一座年久失修的乡村教堂里举行了婚礼。婚后，海明威在美国作家舍伍德·安德森的建议下，偕同哈德莉以《多伦多星报》驻欧洲记者的名义留在巴黎。他们在巴黎的一间小旅店开启了新的生活。《流动的盛宴》这本书，记录的正是海明威以驻欧记者的身份旅居巴黎的这段时光。

旅居巴黎的时候，海明威只是一名编外记者，没有稳定的收入。海明威不断地写作，想以此来赚一些稿费，但他的那些短篇小说几乎无人赏识。面对穷困的生活，哈德莉并没有抱怨。在海明威22岁生日的时候，哈德莉用自己的积蓄，给海明威买了一台"科伦娜"牌打字机。海明威用它敲出了第一行字："你是我的唯一，是甜蜜和温柔。"

在巴黎，海明威夫妇去参加朋友洛布、凯蒂夫妇的家庭聚会时，认识了凯蒂的女友波琳，她是巴黎《时髦》杂志社的女编辑。有一次，波琳去哈德莉家做客，看到狭小的居住空间和衣衫褴褛的海明威，她无法理解哈德莉为何将自己的一生托付给这样一个人。哈德莉对波琳的质疑并不在意，她知道能够与海明威在一起就是她想要的幸福。

随着儿子邦比的出生，海明威和哈德莉的生活渐渐生出一些矛盾。再加上海明威的处女作《三个故事和十首诗》的出版为他赢得了不小的名声，他身边的女人也渐渐多了起来。海明威和哈德莉平静的婚姻生活渐渐有了波澜。海明威的小说《春天的激流》和《在我们的时代里》出版后，女编辑波琳对海明威的印象发生了很大的转变，她对声名鹊起后的海明威满是崇拜。波琳比海明威大4岁，在从事编辑之前，曾经做过模特，所以无论是相貌还是身材，都很有魅力。时尚前卫的波琳对海明威投怀送抱，海明威没有拒绝，接受了这份感情。

海明威向哈德莉坦白了他与波琳的这段感情，哈德莉听后非常痛心，她选择与他离婚。哈德莉的宽容和大度令海明威刮目相看。海明威曾经在一次酩酊大醉后提及这件事，说自己是个浑蛋。在自杀前，他悔恨地写道："我多希望在还只爱她一个人的时候就死去。"

一年后，海明威和波琳顺理成章地结婚了，他们定居在美国，过上了顺心如意的生活。在1930年年底，海明威出了一场车祸，他的右臂被撞伤，在医院待了两个月。在随后的一年中，他的右臂都无法自如行动，波琳担负起妻子的责任，无微不至地照顾着他。

1937年，西班牙爆发内战，海明威作为战地记者奔赴前线。在枪林弹雨中，海明威与记者玛莎·戈尔霍恩相遇，但这并不是他们第一次见面。玛莎曾是波琳的同事，一年前，海明威和玛莎曾在美国一家酒吧打过照面。玛莎比海明威小9岁，她身材优美，聪明能干。她是一名记者，也是小说家。海明威的小说《战地钟声》出版后，玛莎也凭借对西班牙内战的一系列报道而备受关注，两个人名利双收。

与哈德莉和波琳不同，玛莎是个更加独立的女人，她不会像哈德莉和波琳那样忍受海明威的任性，他们的婚姻在1945年走到了终点。这段婚姻给他们留下的是对彼此的不满，甚至在他们以后的生活中，一直都在怨恨对方。

玛丽·韦尔什是海明威的第四任妻子，也是最后一位妻子。玛丽就职于《时代》周刊，是一名记者，她勤勤恳恳工作的同时，全身心地投入与海明威的婚姻生活。作为海明威的妻子，玛丽深刻认识到自己要做个贤良忠诚的妻子。为了更好地扮演这个角色，她放弃了自己的工作，一直陪伴照顾着海明威。

在我所认识的所有人中，你最无与伦比

——海明威致哈德莉

亲爱的小乖乖：

正是因为你的存在，你的忠贞不渝，你的无私奉献，你对我精神与物质上的双重支持，我才得以完成这些文学创作，否则我一事无成。

我爱慕你的思想、才智，爱慕你的大度、勤劳。我常常向上帝祈祷，我愿意付出任何代价，来弥补我对你造成的伤害。在我所认识的所有人中，你最忠贞、最美丽、最善良，你最无与伦比。

欧内斯特

没有你在身旁，我仿佛置身地狱

—— 海明威致玛丽

亲爱的小乖乖：

我正同派克西和唐·安德鲁斯、格力高里在一起，我们准备结伴乘船出行，然后在户外度过这一天。我恳请你写信给我，哪怕只有一封也好。你不会拒绝的吧？如果收不到你的来信，我会伤心欲绝。你知道该如何做，对不对？拜托你一定要写信给我，我的小乖乖。

如果你有未完成的工作，那么就全心全意去做吧。没有你在身旁，我仿佛置身地狱。我不断宽慰自己，可我更加疯狂地想念你。但凡你遭遇不测，我也无法独自活下去。我最亲爱的玛丽，我爱你。你知晓我的心，我并不是没有耐心，只是迫不及待地想要见到你。

欧内斯特

英国篇

THE UNITED KINGDOM

乔治·拜伦 / 雪莱 / 约翰·济慈 / 芭蕾特
狄更斯 / 夏洛蒂
弗吉尼亚·伍尔芙 / 曼斯菲尔德 / 温莎公爵
费雯·丽 / 伊丽莎白·泰勒

George Gordon Byron

Percy Bysshe Shelley

John Keats

Elizabeth Barrett Browning

Charles John Huffam Dickens

Charlotte Brontexq

Adeline Virginia Woolf

Katherine Manthfield

Duke of Windsor

Vivien Leigh

Elizabeth Taylor

乔治·戈登·拜伦

1788.1.22 - 1824.4.19

拜伦少年时期有一位青梅竹马的表姐玛格丽特，两个人之间的感情很深厚。但不幸的是，玛格丽特不慎摔伤，脊椎严重受损，随后便去世了。玛格丽特离世后，拜伦的心情非常悲痛，他为此写下了第一首诗——《悼玛格丽特表姐》。

拜伦在15岁那年的夏天认识了一个名叫玛丽·安·查沃思的少女。拜伦的心很快被这个姑娘占据了，两个人谈起了恋爱。但是两年之后，玛丽却嫁给了一位贵族公子。拜伦青年时回忆起这段感情，十分遗憾地说："热情只是我单方面的……她喜欢我就像喜欢一个弟弟。"

在剑桥大学读书期间，拜伦认识了一个名叫伊丽莎白·皮戈特的女孩，他们迅速坠入爱河。在伊丽莎白·皮戈特的鼓励下，拜伦创作了很多诗歌，并在他们认识的第二年出版了第一本诗集《闲散的时光》。拜伦在读书期间，一直和伊丽莎白维持着恋人关系，但在他获得文学学士学位之后，他们的爱情也走向了结局。

拜伦创作的抒情史诗《哈洛尔德游记》的第一章、第二章陆续出版后，轰动了整个英国文坛。拜伦说自己一夜醒来，成了英国文坛上的"拿破仑"。然而随名望一起而来的，还有不断的情感旋涡。拜伦相貌俊美，在社交生活中很受欢迎。

1815年，27岁的拜伦与安娜·密尔班克举行了婚礼。但是这段婚姻却让他悔恨一生。

密尔班克是一个见解褊狭、冷漠严肃的人，她完全不能理解拜伦的事业和人生观。在他们结婚一年后，密尔班克便带着出生一个多月的女儿返回娘家，拒绝与拜伦同居。因为这件事，针对拜伦的流言四处流传，整个英国社会对拜伦的态度由之前的赞美变成了诋毁，英国朝野以这件事为契机对政治上叛逆的拜伦进行了疯狂的报复。拜伦的心里承受着难以想象的痛苦，这种感受使他创作了诗歌《普罗米修斯》。后来，拜伦无法继续忍受这种侮辱，便离开英国，去了威尼斯。

在威尼斯的边齐翁宫，拜伦经人介绍认识了泰雷萨·格维奇阿利伯爵夫人。在与泰雷萨第一次见面时，拜伦便向这位年轻漂亮的夫人表示，想和她单独约会。随着两个人的交往渐渐增多，泰雷萨不仅拥有美丽的外表，她坚定的性格、非凡的见识更令拜伦折服。

随着不断地往来，他们对彼此的感情日渐笃定。拜伦在经历了起起落落的感情风波后，终于找到了温柔而富有理想的女子。而泰雷萨为了能与拜伦在一起，不顾教会施加的压力和丈夫的阻挠，毅然与丈夫分居。

拜伦和泰雷萨同居的日子里，他的文学创作渐渐走向了高峰，写出了很多优秀的剧作和诗篇。《哀希腊》《但丁的语言》《该隐》《天与地》都是这个时期创作的。

泰雷萨和拜伦此后一直生活在一起，直到1824年，36岁的拜伦为了希腊的独立奔赴前线，不幸遇雨受寒，一病不起，于同年4月19日离开了人世。

我多么希望在你尚未成为他人妻子的时候与你相遇

—— 拜伦致泰雷萨

我最亲爱的泰雷萨：

在你的花园中，我将这本书仔细地阅读了一遍。亲爱的泰雷萨，因为你不在家，所以我才能专注地读一本书。我知道这本书深受你的喜爱，作者与我是多年的朋友。这封信我是用英文写的，之所以没有用意大利文写，是因为不想让其他人看懂。当然，我知道你也看不懂，但是你一定认识我的笔迹，并且你一定能够想到，你爱的这个男人正在读你喜欢的书，而他心中唯一想着的便是爱情。

在任何一种语言中，"爱情"一词都令人沉醉。对我而言，这个词代表着我现在和未来的全部意义。我感受着现在，也期待着未来，至于它将会以何种方式存在，这就要取决于你，你决定着我的命运。

你离开修道院已经两年多了，我多么希望你现在仍在那里，或者在你尚未成为他人妻子的时候与你相遇。可惜，造化弄人，一切都说得太晚了。我爱你，同样你也爱我，你的所说所做总能证明这一点，这给了我很大的安慰。我爱你至深，甘愿用一生的时间来爱你。哪怕阿尔卑斯山将我们阻绝，我对你的思念也不会停止。多么希望我们能够永远厮守在一起。

乔治

1819 年 8 月 25 日　于波洛那

珀西·比希·雪莱

1792.8.4-1822.7.8

雪莱出生在英国一个世袭男爵的家庭中。1811 年，19 岁的雪莱在牛津大学读一年级时，对妹妹的同学哈丽特·威斯布鲁克一见钟情。然而此时，他所写的论文《无神论的必要性》让牛津那些保守顽固的教授倍感气愤。雪莱因多种事由被学校开除，加上哈丽特的出身难以达到雪莱贵族家庭的标准，迫不得已之下，雪莱带着哈丽特私奔了。但是，他们的生活并没有恋爱时那么浪漫。

在这段时期，雪莱与哲学家及小说家威廉·戈德温开始书信交往，并征求了戈德温的同意前去拜访他。在与戈德温会面时，雪莱见到了戈德温的女儿玛丽。在他们还没见面之前，玛丽就已经十分仰慕雪莱，这一次见面让玛丽对雪莱的感情升温。在玛丽的追求下，雪莱放下心中的防线，带着玛丽私奔了。但英国的上流社会和法院难以接受这件事，雪莱被迫离开英国。

1818 年，雪莱带着已成为他妻子的玛丽来到意大利。这里令雪莱沉迷，他进入了不可思议的创作黄金时期。1819 年，写下了《解放了的普罗米修斯》《钦契》《西风颂》《给英格兰人的歌》一系列名作。两年后，好友济慈逝世，雪莱创作了《阿多尼》表达对友人的哀悼。

1822 年 7 月 8 日，雪莱驾帆船出海，遭遇暴风，沉船而死。几天后，人们找到了他的尸体并火化。火化后，人们惊讶地发现他的心脏没有被焚化。在罗马的新教徒公墓里，人们将他的心脏埋葬于此，墓碑上刻着拉丁语铭文——众心之心。

我之所以这样做，完全是出于对我们幸福的考虑

——雪莱致玛丽·戈德温

至爱的玛丽：

昨晚12点左右，我们到了这里，现在是早饭前的时间。以后会怎样，我还不能给你准确的描述。我准备等邮车离开之后，再把这封信上封。如果你着急，可以接着往下看，下面又会是一个日期。为了给其他事留出空间，如果到时候着急的话，我会去银行给你汇些钱。我需要先把钱汇到佛罗伦萨邮局。希望你能尽快来到埃斯特，我将翘首以待。恳请你在收到这封信后，就马上着手准备行李。我之所以这样做，完全是出于对我们幸福的考虑。我的爱人，如果我做错了，你要立刻来训斥我；如果我没做错，你要立刻来献上你的吻。至于是对是错，只有你来了才能评判。

我最爱的玛丽，在给你写这封信的时候，时不时有人来打扰我。船就要来了，我马上动身去银行。埃斯特并不大，我们的房子不难找到。大概4天之后你会收到这封信，给你一天时间准备行李，4天在旅途中，这样一来，我们大概在10天之后就能团聚了。我赶不及邮车了，便派车去追。随信附带着一张50英镑的汇款单。我现在特别忙，忙到难以想象的那种地步。我的爱人，愿你健康、快乐，来我这吧，快点来。

信任你忠诚而痴心的 P.B.S

1818年8月23日星期日　于巴尼·地·路卡

约翰·济慈

1795.10.31-1821.2.23

济慈 23 岁的时候,女孩芬妮走进了他的心里。芬妮是一个美丽时髦的富家小姐,她喜欢参加舞会和设计服饰。济慈和芬妮第一次相识是在戴尔克家,那天济慈的精神状态很好,讲话很风趣。与芬妮相遇时,济慈正处于人生中最为惨淡的一段时间,他的诗集出版受到阻碍,所以没有什么经济来源。同时,济慈又要照顾身患肺结核的弟弟,这些令他本就穷困的日子更如雪上加霜。

这年冬天,济慈相依为命的弟弟不幸去世,济慈深受打击。朋友布朗见济慈精神恍惚,终日沉浸在悲伤中,便邀请他来自己家中暂住一段时间。第二年,布朗又将家中多余的几间屋子租给了芬妮一家,如此一来,济慈与芬妮变成了邻居,他们每天都可以见面,感情也渐渐热络起来。

活泼可爱的芬妮成为济慈暗淡生命中的一束光。在芬妮的鼓励下,济慈渐渐走出了阴霾,整个人变得明朗起来。同时,他的灵感也不断迸发,接连创作出《夜莺颂》《无情的妖女》《希腊古瓮颂》等诗作。但是济慈创作的很多作品并没有在第一时间出版,他的日子依旧非常清贫。济慈深知自己的境况,他爱着芬妮的同时又不想芬妮跟着自己过苦日子。为了改变贫困的现状,济慈只有加倍创作。

1819 年的夏天,济慈离开芬妮,开始独自旅行。他从怀特岛来到温切斯特,在这段路途中,济慈创作了诗歌《拉弥亚》和《秋颂》。10 月的时候,济慈旅行结束，回到芬妮身边，并与她正式订下婚约。然而，济慈在照顾弟弟时不幸染上了肺结核，他们订婚后，济慈的病情越来越严重。在朋友的帮助下，济慈前往意大利休养。但济慈这一走，再也没有回来。

济慈去世后，芬妮非常想念他，她把济慈写给她的信全部珍藏了起来，济慈送给她的订婚戒指，芬妮一生都没有取下来。济慈曾在给芬妮的信中写道："我甚至希望，我们是蝴蝶，只在夏日中活3天，有你陪伴的3天，比独活50年更开心。"在芬妮看来，蝴蝶成了她与济慈的爱情象征。为了纪念自己的爱情，芬妮将自己的卧室变成放养蝴蝶的地方，她将窗户全部关上，希望留住它们如同留住以往的爱情。

世间万物，我无所畏惧，但畏惧与你长久分离

——济慈致芬妮·勃劳恩

我亲爱的姑娘：

此时此刻，我打算写一些诗。但是，我却无心写作，因为缺乏足够的满足感。我有必要向你求助，希望你能助我一臂之力，将你从我的脑海中删除，哪怕片刻也好。对此，我无可奈何。我曾试图鼓起勇气告诉你，我的前途毫无希望，不过现在我打消了这个念头。

爱令人迷失自我，没有你，我丧失了呼吸的能力。我唯一想做的事，就是见你，除此之外，我不想做任何事。生命因此搁浅，而我沉溺其中。

我想着、念着的都是你，我被思念侵蚀。倘若无法尽快与你相见，我的生命就会因此凋零。世间万物，我无所畏惧，但畏惧与你长久分离。

亲爱的芬妮，你会一直爱我吗？我对你的爱已覆水难收。我刚收到你的信，你说离开我之后痛快极了。这是威胁，还是玩笑？我一直无法理解为宗教而舍弃自我的人，如今，我似乎懂得了其中的原因。因为你，爱情成为我的宗教，为了成全我的爱情，我甘愿以死求之。你让我难以抗拒，我彻底臣服于你。所幸，我还能够在有生之年与你相见。

曾经，我与自己争辩，爱为何物？能够教人生死相许。如今，我再也无法与自己讨论这个问题，纠结于此，只会让我感到痛苦。

你的深情 J.K

我们是蝴蝶，只在夏日中活 3 天

——济慈致芬妮·勃劳恩

亲爱的女郎：

星期二的晚上，有一封信本来已经写好了，但是我没来得及寄出去，这反而让我感到庆幸。因为这封没能寄出去的信与卢梭的《爱洛琦丝》中的一封信雷同。今天早上我平复了一下心情。清晨最适合用来给我所挚爱的女郎写一封信。因为到了傍晚，空寂的房子如同坟墓一般，我有可能被幽怨的情绪操控。

在这段时间里，不适宜做任何事，所以我便无所顾忌地挥霍时光。所以出自傍晚的信，自然不能送到你的手中。我住在农村的一间小屋里，透过窗户，看到连绵的山川和无边的大海相互偎依，构成一幅美景。然而此时，我偏偏想起现实中的压力，不得不承认，如果不用考虑现实的压力，能够无拘无束地生活在此处，身心该是怎样舒畅！

如今，我享受着前所未有的快乐。之前，我被疾病所困，大部分时间都在和病魔做斗争。如今，疾病基本消退，但是新的烦恼又来了，甚至比之前更难以承受，关于这一点，你有责任承担一切。我亲爱的女郎，你扪心自问，你是不是在束缚着我？囚禁着我？你是多么残忍。希望你能够同意我的说法，要尽快写信给我。

你一定要在信中表露你的爱意，让我沉浸其中无法自拔。来吧，我亲爱的女郎，用你的甜言蜜语浇灌我吧！请你附上你的香吻，以便我能够找到痕迹。对我而言，如何向我挚爱的女郎表达满腹深情，是一道难题。我甚至希望，我们是蝴蝶，只在夏日中活 3 天，有你陪伴的 3 天，比独活 50 年更开心。

你的深情 J.K

1819 年 7 月 1 日

如果房间内没有你，周遭的空气都是污浊的

——济慈致芬妮·勃劳恩

亲爱的宝贝：

　　清晨，我独自外出走了走。但是，一如往常，我的脑海中只有你。无论是白昼还是黑夜，我都在经受着相思的折磨。关于我将前往意大利的事，我心怀担忧，这次若是真的分别，那么这对我的健康恢复百害而无一利。对我而言，你是一切美好的化身，如此可爱，如此美丽。如果房间内没有你，周遭的空气都是污浊的。我将你视为珍宝，可遗憾的是，你对我的爱却少了几分。

　　我不在的时候，你的生活仍旧多姿多彩，你的快乐不会因我的离开而有所减少。只要有朋友围绕在你的身旁，或者参加一些娱乐活动，你都不会感到空虚。

　　这个月你在忙些什么？和哪些人一道欢度时光？我的问题或许会让你觉得我不礼貌。在对彼此的感觉上，我们是如此不同，你无法体会到我的心情。爱情为何物，你可知该如何回答？或许，这需要一些时间才能感悟出来，或早或晚，你终将明了。希望你能答应我，假使这个月你做了对不起我的事情，就恳请你暂停与我书信往来。也许你已经在极力克制自己，尽量远离舞会或其他社交场所，但如果你没能做到的话，那么我也无意再活下去。

　　在没有你的世界里，我该如何生活？不，我做不到。你的全部我都想要拥有，天真可爱的你，善良美丽的人。日月轮回中，你任性而为，却忽略了我正在承受着的痛苦。恳求你认真待我，爱情不是用来随意消遣的。

你永远的 J.k

1820 年 周三晨　于肯特镇

若是不能与你厮守，我情愿一个人独自生活至老

——济慈致芬妮·勃劳恩

亲爱的女郎：

此时已是深夜，为避免被他人发现，我特意选在此刻给你写信。

亲爱的女郎，恳请你为我找一种方法，让我能够在无法拥有你的时候，享有同等的快乐。对你的思念肆意生长，导致我对其他任何事物都提不起兴趣。我深知自己已经不能与你分离，若是能够与你厮守，哪怕一分钟都是对我的恩赐。若是不能与你厮守，我情愿一个人独自生活至老。

我可以将脑海中的思绪写成一首诗，并且但凡有相似经历的人，必定能够从中找到共鸣。莎士比亚十分看重从事物之中所获得的经验，所以当哈姆雷特说出一句台词时，我的心顿时感到相同的痛苦。我理应抛开繁杂的思绪，平静地接受死亡。如今，我对这个世界已毫无留恋，如此残酷，如此不近人情。而你，面对这一切，却能够给予这个世界微笑。畅想未来的话，我能看到的全是悲惨的境遇。我不愿再与任何一个朋友相见，只希望能够依偎在你的怀中，享受着你的信赖，否则，我宁愿接受死亡。

你的深情 J.K

伊丽莎白·芭蕾特·布朗宁

1806.3.6-1861.6.29

伊丽莎白·芭蕾特又称布朗宁夫人。她自小喜欢读书、骑马。15岁那年，她在自家庄园里骑马时不小心摔坏了脊椎，导致下半身瘫痪。失去行动自由的芭蕾特只能躺在床上，她把所有的时间都用在了读书和写作上。

芭蕾特才华横溢，她的诗歌《天使及其他诗歌》和《孩子们的哭声》相继发表后，在英国文坛渐渐有了一席之地。而此时的布朗宁还是个默默无闻的青年诗人，他的才华还没被认可，但是芭蕾特却很推崇他。

机缘巧合的是，布朗宁是芭蕾特的表哥坎宁的挚友，在与芭蕾特相识前就已经知道了她的才华和遭遇。有一次，坎宁把芭蕾特对他诗歌的理解转述给他，布朗宁听闻后欣喜若狂，满怀热情地给芭蕾特写了一封信。两个从没见过面的人开始频繁通信，他们在信中谈论诗歌，也探讨文学和人生，建立了真挚的友谊。

布朗宁一直在信中请求芭蕾特同意他去拜访她，但总是被拒绝。终于在几次恳求之后，得到了芭蕾特的允许。在芭蕾特的卧室中，布朗宁见到了瘦弱的芭蕾特，她蜷缩在沙发上，深沉而有些哀愁地看着布朗宁。目睹了芭蕾特的不幸后，布朗宁并没有退缩，反而对芭蕾特的爱更加热烈。见面3天后，布朗宁便给芭蕾特写了一封信，他在信中郑重地向她求婚，恳请芭蕾特允许他照顾她。

芭蕾特深知布朗宁是一片真心，但是，她不想拖累他，她觉得布朗宁应该有更广阔的世界。芭蕾特痛苦了一夜，第二天给布朗宁写了回信，请求他以后不要再说些不知轻重的话，否则他们的友谊没办法维持下去。不过，两个人的关系不但没有疏远，他们反而更加放不下彼此，几乎每天都要写上一两封信，如果哪天没有收到对方的信件，总是寝食难安。

布朗宁有时会带上一束自己采的玫瑰花去看芭蕾特，在布朗宁的鼓励下，芭蕾特不再像以前那样自我封闭。她在用人的帮助下，到花园中赏花、呼吸新鲜空气，并渐渐地可以自己下床走动。这对芭蕾特来说，是一个奇迹。在这段时间里，芭蕾特在诗歌创作上获得了很多灵感，开始创作诗歌《葡萄牙人十四行诗集》。

布朗宁对芭蕾特的爱，让她战胜了恐惧和不安。她终于放下顾虑和担忧，答应嫁给布朗宁。虽然结婚一事遭到父亲的反对，但是她不再退缩，坚决追寻自己的爱情。有一天，在女仆的帮助下，她艰难地坐上了马车，去附近的一座教堂，与布朗宁悄悄地结了婚。婚礼结束后她又返回家中，走进家门时不得不偷偷摘下那枚新婚戒指。一周后，芭蕾特带着女仆和爱犬，还有积攒了一年零八个月的情书，前去与布朗宁约好的地点会合，他们一同前往欧洲，开启了新的生活。

芭蕾特和布朗宁一起相守了 15 年，这 15 年里，他们从来没有分开过。

1861 年的夏天，55 岁的芭蕾特依偎在白朗宁的怀中，她喃喃地说着情话，慢慢地闭上了眼睛，安心地睡去了。没有疾病，也没有预感。

你送来的花朵仿佛缩短了我与阳光的距离

—— 芭蕾特致布朗宁

亲爱的：

感谢你送来的花朵，让整间屋子充满了 4 月的景色。五颜六色的花朵，生机勃勃地盛开着，仿佛缩短了我与阳光的距离。

我喜欢阴雨绵绵的 4 月，这样的天气让我觉得舒服。对于过去我记忆犹新，我在被雨水打湿的草地上悠闲地走着，明媚的阳光洒在我的身上，微风袭来，周遭的一切都变得明亮起来。然而，这一切都算不上幸福，因为幸福不会因太阳或雨水的到来而到来。在我得病后，通往未来的大门就无声地关闭了，还被上了锁。为了保存体力，我没有继续敲打。

原本，我以为自己是幸福的，在残缺的身体面前，我保持住了内心的平静。但是，当我从青年迈入中年时，体会到了被死亡控制的生命，心里充满哀怨和不甘心。

E.B.B

1796 年 11 月 13 日

于维洛那

我爱你的诗，我也爱你

——布朗宁致芭蕾特

亲爱的芭蕾特小姐：

看过你的那些诗之后，我欣喜若狂，所以决定提笔写信给你。这绝对不是随便写写而已，也绝对不是虚伪的奉承。请你相信，无论是以什么样的字眼呈现在你的面前，都不是为了恭维，而是完全地、彻底地出于我真心的赞赏。

一周前，我读了你的诗，一下子竟不知该如何描述那一时的喜悦。当时，以为只是单纯的赏识，我可以像往常那样从中获得欣赏的快乐，又或许以诗人的身份去审视你的作品，从中发现一些小瑕疵，然后和你探讨，促使你成为更好的诗人。殊不知，无论如何却做不到原本设想的这些。你的诗已然融入我的骨血中，成为我生命中不可或缺的一部分，每一个段落都深深印刻在我的心中，在我的心里扎根、发芽。等它们开出花朵，我还要小心翼翼地将它们晒干，再如获至宝般收藏在书页中。这还不够，我还要认真地加以描述，配以"花集"的名字，最后再安放在某个地方。不过，我并不需要彻底埋葬这个想法，或许某一天我就可以这样做。

现在但凡与其他人谈论你，我都有无数可以称赞你的理由，比如你在音乐方面的灵动，在语言方面的丰富，在思想方面的超前脱俗，点点滴滴皆是值得钦佩的理由。不过，趁着与你说话的空隙，我对你的感情也愈发清晰。

前面我说，我爱你的诗，与此同时，我也爱你。对此，你可有些许感知？有一次，差一点就与你见面了。那是一个清晨，坎宁先生问我可否愿意与你见一面，我回答愿意，他便去你那里安排时间，回来之后，他告诉我说你身体不舒服。时隔多年，唯有这件事是如此不巧。就如正在进行一场神秘的探寻，只需最后的一点努力便可抵达目的地,谁知中途却仍旧被细枝末节的事情所耽误。因此，这一次错过便是长久的错过。我只好安慰自己说，至少你的诗会在我心中永存，以及隐藏在我心中的快乐和骄傲。

小布

1845 年 1 月 10 日

查尔斯·约翰·赫法姆·狄更斯

1812.2.7—1870.6.9

狄更斯住在班丁克街的时候，常常在家里举办业余的戏剧演出。有一次，他在家庭间的小剧团里认识了玛丽亚·皮特奈尔，两人很快成为恋人。玛丽亚是一位银行家的女儿，从小生活在富裕的家庭，但性格有些轻浮和放荡。玛丽亚的父母竭力反对他们来往，原因是狄更斯的身份配不上他们的家境。玛丽亚对狄更斯的态度时冷时热，暧昧不明，但狄更斯自以为两个人情深似海，便向玛丽亚求婚了，结果却遭到了玛丽亚的拒绝。

这次初恋的经历在狄更斯的心里留下了深刻的印记，直到多年后，他们都有了各自的家庭，狄更斯的心里仍对玛丽亚念念不忘。但在见了一次面之后，狄更斯便对她避之不及了，因为结婚后的她已经毫无少女时期的样子了。

狄更斯在担任《记事晨报》的记者期间，结识了《记事晚报》的编辑乔治·霍加斯。23岁生日的时候，狄更斯为自己举办了一场生日宴会。乔治·霍加斯的女儿凯瑟琳也参加了这场宴会，她在聚会结束后，在一封给表亲的信中写道："对于狄更斯先生，越是了解得多了，越是会有一些改观。"于是不久后他们恋爱了。

在狄更斯与凯瑟琳相恋期间，狄更斯开始创作长篇小说《匹克威克外传》。这部作品写了两年之久，小说出版后，狄更斯与凯瑟琳的关系也有了实质性的进展，他们在切尔西的圣路克教堂举行了婚礼。

在他们结婚一年后，凯瑟琳的妹妹玛丽便搬来与他们夫妇同住，凯瑟琳和狄更斯都很喜欢这个娇小活泼的女孩，尤其是狄更斯，他与玛丽相处甚欢。有一天晚上，狄更斯带着凯瑟琳姐妹去戏院看戏，他们在回来的路上还有说有笑，聊着戏剧表演的细节，可是回到家上楼更衣时，玛丽突然心脏病发作不省人事。第二天，她死在了狄更斯的怀里。狄更斯对玛丽的感情很奇妙，既深沉又单纯，玛丽的离开令他肝肠寸断，也是在这段痛心的时期，狄更斯开始在报纸上连载《雾都孤儿》。他在写给友人的信中说道："感谢上帝，她是死在我的怀里，她最后的遗言也是关于我的。"直到狄更斯去世的前一年，他仍然对玛丽很怀念。他说："玛丽时刻都在我的心中，尤其是在我成功和发达的时候，对她的追忆已经成为我生命的一部分，就像心跳一样，和我不可分离。"

1842 年，狄更斯和凯瑟琳去美国旅行，回来后，两个人的感情开始变得冷淡。但他们还是陆陆续续生了 10 个孩子。不过，狄更斯 39 岁的时候，小女儿多拉不幸夭折。在第 10 个孩子出生之后，他们的感情也损耗殆尽。

1858 年，狄更斯给凯瑟琳写了分手信。正式分居之后，两个人形同陌路，再也没见过面。

我会在莱茵河流域附近停下来，写一封信给你

——狄更斯致凯瑟琳

最亲爱的凯瑟琳：

与你分别后，我第一次布置了一下房间。下午4点半的时候，我睡醒之后，躺在床上思念着你，想要和你说说话。早晨八九点钟的时候，我们已经能够远远看到阿尔卑斯山脉，在前一天，我们已穿过了西姆普伦山。路上颇为顺利，山路颠簸，虽然行走不易，但我极为兴奋。

傍晚时分，月光洒满大地。当太阳重新升起时，荒野之上铺满了一层白沙，美不胜收。我们搭乘雪地车，连续行驶了4个小时，这才顺利抵达山顶。阳光明媚，虽说有跌落悬崖的危险，但仍旧不失为一次美好的旅行。

在瑞士，北风呼啸，刺骨的寒冷呼啸而来，不时传来的声响，似乎是为了人们奏乐助兴。到了星期天，令人愉悦的风声却消失了，不免让人有些失落。不过，这座城市仍有值得向往的地方。旅馆有一张小床，看起来很舒适。在这里，牛乳油很便宜，吃茶点时，店家给了我们一大块。虽然蜂蜜的价格很贵，但分量很足。

明天早上6点，我们将前往斯特拉斯堡，我会在那里或是莱茵河流域附近停下来，写一封信给你，即便是只言片语，我也是会写的。我亲爱的爱人，我永远是你的。

狄更斯

1844年11月13日 佛莱堡

英 国 篇

如果你回家时，听到孩子去世的消息，你也要保持冷静

——狄更斯致凯瑟琳

我最亲爱的凯瑟琳：

请你务必仔细阅读这封信，如果你只是随意看，那么你可能不能明白我的意思，你就还要再重新认真看一遍。

小多拉突然一病不起，应该没有遭受多少痛苦。小多拉的表情看起来很平静，或许你看到小多拉会认为她正在睡梦中。不过，我能清楚地感受到她的病情，而且不敢保证说她能够康复。我不会骗你，她的确很难康复。

我必须留在这里，我知道你也不愿总在外面。你不在家的每一天，对我来说都是一种煎熬。我会去接你回家，但在此之前，我要严肃地告诉你，回来时要安稳一些，记得我常叮嘱你的话，我们是个大家庭，儿女众多，其他父母所承担的责任，我们一样要承担。如果你回家时，听到孩子去世的消息，你也要保持冷静，继续扮演好母亲的角色，照顾好其他的孩子。

我希望你要认认真真读完这封信，我相信你会做到的。

永远爱你的查尔斯·狄更斯

1851 年 4 月 15 日 星期二晨

于德文郡街

夏洛蒂·勃朗特

1816.4.21-1855.3.31

1842 年，26 岁的夏洛蒂和她的妹妹艾米莉来到布鲁塞尔学习法语，她们梦想着日后可以回到故乡办一所法语学校。

在布鲁塞尔，夏洛蒂爱上了这所法语学校的创始人康斯坦丁·埃热。埃热也是夏洛蒂的法语老师，他在法国文学上有很深的造诣。夏洛蒂和妹妹在他的指导下，仅用一年的时间，便可以阅读法语文学著作。埃热不仅学识渊博，他的身上还有一种独特的男性气质，他粗鲁激动的同时也会流露出善良率真的举止。夏洛蒂无可救药地爱上了他，尽管他已是有妇之夫。

夏洛蒂学习完法语后，和妹妹一起返回了家乡，但她无法忘记埃热先生。她每周都会给埃热写信，倾诉自己的爱慕之情。但是对于夏洛蒂的狂热，埃热表现得非常冷静，甚至有些冷酷，他几乎不怎么给夏洛蒂回信，还生气地将她的信撕成碎片，并且将事情的来龙去脉告诉了妻子。埃热的妻子是个识大体的女人，她把埃热撕碎的信捡起来，重新粘好，保存了起来。并给夏洛蒂写了一封信，在信中她委婉地表示希望夏洛蒂最好一年只写两封信。

夏洛蒂姐妹回到故乡挂牌开办学校，却没有学生上门，创办学校的梦想就这样被现实硬生生地敲碎了。但是写作成了夏洛蒂姐妹生活中的一盏灯火。1845 年，三姐妹把各自的诗歌合在一起出版了一本诗集，虽然诗集没有引起任何关注，但是这激发了她们的创作热情。30 岁的时候，夏洛蒂创作了第一部长篇小说《教师》，她的妹妹艾米莉和安妮分别创作出了《呼啸山庄》和《艾格尼斯·格雷》。妹妹的作品得到了出版社的认可，而夏洛蒂的《教师》却被退稿。夏洛蒂虽然是个乡下姑娘，但是她的身上有一股顽强的毅力，面对妹妹的成功，夏洛蒂并没有嫉妒退缩，最终，创作出了震惊英国文坛乃至世界的作品《简·爱》。

勃朗特三姐妹在文学创作上的成功，为她们的家庭带来了极大的欢乐。但是不久后，家里发生了一连串的不幸事件，使得他们原本完整的家庭笼罩在一片灰暗悲伤的氛围中。1848 年 9 月，夏洛蒂的弟弟患病去世。3 个月后，妹妹艾米莉染上结核病，在夏洛蒂还没从弟弟的去世中走出时，妹妹又离开了她。不久后，小妹妹安妮也患上了肺结核，被病痛折磨了 5 个月后，也离开了夏洛蒂。夏洛蒂深受打击，她只有全身心地投入到写作中，才能暂时忘记内心的悲痛。1849 年 8 月夏洛蒂又出版了长篇小说《谢利》。

直到小说《谢利》出版后，夏洛蒂都不知道，有一个普通的男人已经默默地爱了她好几年。他叫亚瑟·尼科尔斯，是夏洛蒂父亲的助理牧师。1845 年，他来到夏洛蒂的家乡后爱上了她。尼科尔斯始终都不知道夏洛蒂是个女作家，直到小说《谢利》出版后，尼科尔斯才知道她的作家身份。夏洛蒂身上的光环让尼科尔斯打起了退堂鼓，他觉得自己配不上夏洛蒂，但情难自禁，他还是鼓起勇气向夏洛蒂求婚，却遭到了拒绝。夏洛蒂认为他们两个人在情感、兴趣、追求上都没有共同话题，无法在一起生活。

夏洛蒂的父亲得知尼科尔斯求婚的消息时勃然大怒，他认为尼科尔斯居心叵测。朴实的尼科尔斯为此生了一场大病，没想到的是这场病为他的爱情带来了转机。夏洛蒂对尼科尔斯产生了怜悯，她抛弃了 "伴侣必须才华横溢" 的想法，和尼科尔斯订婚了。他们的婚姻生活平淡而快乐，尼科尔斯保护着夏洛蒂，但又不会干涉她的创作，这种坦荡和真挚给了夏洛蒂难能可贵的自由，夏洛蒂的后半生生活得安宁而稳定。

当我进入梦乡时，你就会闯进我的梦境

——夏洛蒂致康斯坦丁

康斯坦丁·埃热：

泰勒先生回来后，我很关心是否有我的来信，但他说没有，我鼓励自己要有耐心。泰勒小姐回来后，她告诉我说依旧没有你的只言片语。对此，我只能一边安慰自己，一边强忍住眼泪，告诉自己不要有任何怨言。然而，当我试图压抑自己的情绪时，我的身体却在极力反抗，我的外表看似平静，内心却波涛汹涌。

许多个夜晚，我无法入睡，也无法平静。当我进入梦乡时，你就会闯进我的梦境，神情严肃，大声呵斥我。如果我又给你写信了，希望你能够原谅我。我只能用尽浑身的力气去对抗生活的痛苦。

我当然能够想到，当你打开这封信的时候，是何等地没有耐心，你一定会说我是在发神经。或许你说得对，我没有任何话想要为自己辩解，我心甘情愿地忍受着一切。但是，我想要说的是，对于失去我们的友谊这件事，我不能无动于衷。我的肉体可以承受巨大的痛苦，但是我的心该如何承受撕心裂肺的疼呢？如果先生你拒绝与我为友，那么我的生活也就失去了意义。只要你给我一丝丝友谊，我就心满意足了，就有充分的希望去生活，去工作。

贫困的人只需要一些面包屑就能够生存，但是如果连这些面包屑都被剥夺了，那么他们只有死路一条。对于我来说，也是如此。我并不需要你给予我太多情感，只需一点点即可。

在布鲁塞尔时，你作为我的老师，曾经给过我关怀，如今也希望你还能给予我一些关怀，让我有所寄托。你可能会说，我早就不再是你的学生，你也没有义务再来关心我，甚至你已经把我忘得一干二净。如果真的是这样，那么就请坦白地说出来吧。虽然对我会是一个致命的打击，但是没关系的，总比模棱两可要好。

　　我写的这些，会完整地寄给你，不过我能想象到，看过我的信后，会有人说我是在胡言乱语。但是，我希望这些人像我一样，先去忍受8个月的痛苦，再来评判我。一个人若是有力量忍受，那么他就不会声张，但是当他不足以承受这一切时，也就不再需要硬撑了。

　　愿你一切顺利，身体健康。

夏洛蒂

1845 年 1 月 8 日

艾德琳·弗吉尼亚·伍尔芙

1882.1.25-1941.3.28

伍尔芙出生在文化氛围浓郁的知识分子家庭，她的父亲莱斯利·斯蒂芬是出身剑桥的著名学者和文学评论家。父母在结婚前都曾各自有过家庭，伍尔芙在少年时期曾遭到两个同母异父的哥哥的骚扰，这件事给她以后的爱情与婚姻生活留下了难以消除的阴影。

伍尔芙的第一任丈夫斯特雷奇是同性恋，两人结婚不久后便宣布离婚。分开后他们彼此承诺要做一生的朋友，斯特雷奇将挚友伦纳德介绍给了伍尔芙。在此之前，伍尔芙和伦纳德就对彼此有了一些简单的了解。伦纳德和伍尔芙的哥哥托比是剑桥大学的同学。有一次，伍尔芙穿着一身白裙到剑桥看望托比时，伦纳德第一次见到伍尔芙，被她的美丽打动了。他这样形容伍尔芙：简直让人神魂颠倒，看到她好像在画廊里突然面对面打量伦勃朗或者委拉斯凯兹的杰作一样。而伍尔芙在和托比聊天时，总能听到他对伦纳德的称赞，托比口中，那个性格阳光、不愿随波逐流的伦纳德给伍尔芙留下了很深的印象。

伦纳德从剑桥毕业后，便去了锡兰（现在的斯里兰卡）从事行政文员的工作。在这段时间里，伦纳德只与斯特雷奇等两三个朋友保持着书信往来。斯特雷奇在信中向伦纳德透露了自己与伍尔芙短暂的婚姻经历，并且真诚地建议伦纳德娶聪慧可人的伍尔芙为妻，还鼓励他尽快给伍尔芙发电报表明心意。但是远在锡兰的伦纳德犹豫不决，最终没有任何行动。

1911 年秋天，伦纳德回伦敦休假时，29 岁的伍尔芙依然待字闺中，而且刚刚拒绝了两个追求者。伦纳德借此机会，鼓起勇气向伍尔芙表达了爱意。但是伍尔芙对婚姻顾虑重重，她需要一些时间考虑，并没有马上给伦纳德答复。在伦纳德休假的这段时间，他常常与伍尔芙促膝长谈，他们不仅有着一致的文学爱好，在对事物和人生的理解上也常常不谋而合。伦纳德为了留在伍尔芙的身边，辞去了在锡兰的工作，他的举动让伍尔芙心生感动。1912 年 5 月，伍尔芙克服了对婚姻的恐惧接受了伦纳德的求婚。

结婚后，他们给彼此起了动物的名字作为昵称。伦纳德叫 Mongoose（猫鼬），伍尔芙叫 Mandrill（狒狒），他们在婚后的通信中称呼彼此是"最亲爱的 M"。为了能够安心写作，他们搬到了苏塞克斯郡刘易斯区乡间的一所房子里。上午，他们专心写作，下午，一起喝茶，下午茶后，他们再继续写作。伍尔芙的第一本小说《远航》和伦纳德的第一本小说《丛林里的村落》都是在这段时间创作的。

但他们的乡村生活看似充实宁静却也饱受折磨。婚前就受精神崩溃困扰的伍尔芙，在一战爆发时变得越来越严重，不得不去疗养院治疗。伦纳德悉心照料着伍尔芙，他四处奔波，为爱人寻找更有效的治疗方法。

伍尔芙在疗养院休养期间，伦纳德每天都会给她写信，像对孩子一样温柔。他在信中写道："我亲爱的狒狒，要不是太晚的话，我会给你唱一首猫鼬的快乐歌，开头是：我好爱慕你，我好爱慕你。今天见到你之后，我非常确定我们很快又可以在一起了。我最亲爱的，别再说什么连累我的话，你带给我的是最完美的幸福，我哪怕只是静静地坐在你身边读书，也能感受到那种快乐。"对于伦纳德的照顾和关心，伍尔芙充满着感激，她跟她的朋友说："要不是因为他，我早开枪自杀了。"

二战时，德军轰炸英国，炸毁了伍尔芙和丈夫创建的印刷厂，随后他们在伦敦的住所也被摧毁。她心里无法承受这种打击，精神状况变得越来越糟糕。

1941 年 3 月 28 日，伍尔芙给伦纳德留下最后一封信后，走向了乌斯河畔。她在衣服口袋里装满了石头，一步步向河中心走去，在病痛和战争的摧残下，她选择了死亡。

伍尔芙死后，伦纳德把她的骨灰埋葬在院子里的榆树下，并在她的墓碑上刻下了她的小说《海浪》中的最后一句话：死亡，即使我置身于你的怀抱，我也不会屈服，不受牵制。

在你的优点面前，你的自我和不够坦诚我愿忽略不计

——伦纳德致伍尔芙 [2]

亲爱的：

我对自己认识深刻，我自私、善妒、冷血、好色、虚伪。正是基于对自己的认识，所以我曾一再劝诫自己远离婚姻。试想一下，如果我和一个女人生活在一起，我必然无法改变这样的自己。假使她不及我，那么这一切则会变得更加糟糕。幸运的是，我遇到了你，你绝非我所忧虑的那种女人，所以在最大限度上会对我加以约束。或许如你所说，你常常过于自我、不够坦诚，但是在你的优点面前，这些都可以忽略不计。

你是如此聪明、美丽，我爱你，而你也爱我，我们彼此相爱，我们爱着相同的人和物，我们都身负才华。尤为重要的一点是，我们能够在真实面前达成一致，对我们而言，这是最重要的一点。

伦纳德

---

2. 伦纳德写给伍尔芙的求婚信。

我不能再任性地搅乱你的生活了

——伍尔芙致伦纳德 [3]

我最亲爱的：

可以肯定的是，我的精神又要崩溃了。

我想我们决不能再陷入曾经那种可怕的生活中了，况且，这次我感觉自己再难恢复了。我开始出现幻听，而且很难集中注意力。是你给了我最大限度的幸福，你做到了力所能及的一切。如果我没有这种令人恐惧的疾病，我相信我们的生活将无比幸福。亲爱的，原谅我的怯懦，我决定放弃挣扎。

我知道，是我让你的生活变得一团乱，我消失之后，希望你能够专心工作，我相信你一定可以。你瞧，单是写下这些普通的句子，我就已经精疲力尽了。我想要告诉你，我生命中的全部幸福皆是来源于你。你给予我的耐心，你给予我的爱护，都令我难以想象。

如果说世界上有一个人拯救过我，那这个人一定是你。所有的一切都弃我而去，唯有你对我的爱留了下来。

我不能再任性地搅乱你的生活了。我想，我们曾经是世界上最幸福的人。

弗吉尼亚·伍尔芙

1941 年 3 月 28 日

3.伍尔芙生前写给伦纳德的最后一封信。

凯瑟琳·曼斯菲尔德

1888.10.14-1923.1.9

凯瑟琳·曼斯菲尔德出生在新西兰。1903 年，曼斯菲尔德的父亲为了让她日后过上上层社会的体面生活，把 15 岁的她送去了伦敦皇家学院专攻英国文学。这段生活让曼斯菲尔德收获很多。

当她返回新西兰时，面对当时封闭萧瑟的文学氛围很不适应，她希望重返伦敦。20 岁那年，曼斯菲尔德试图说服父亲支持她回伦敦进行文学创作，但回复她的却是父亲冷冰冰的面孔，两个人不欢而散。

随后，曼斯菲尔德孤身去了伦敦，父亲每年只给她一百英镑的生活费，这些钱不足以维持曼斯菲尔德在伦敦的生活。为了生计，她开始外出打工。在伦敦这个充满诱惑的城市，曼斯菲尔德寻找着属于自己的爱情。她第一个交往的男人是加纳特，这个同样来自殖民地的年轻男子在情感上和曼斯菲尔德产生了共鸣，两个人很快坠入爱河，并秘密订婚。加纳特的父母得知这个消息后，极力地反对，加纳特性格软弱，不敢违背父母的意愿，和已怀有身孕的曼斯菲尔德提出了分手，曼斯菲尔德伤心欲绝地离开了加纳特。

和加纳特分开不久后，曼斯菲尔德遇到了比她大 11 岁的音乐教师乔治·波登。波登对她一见钟情，开始热烈地追求她。几个星期后，曼斯菲尔德决心嫁给波登，但是在他们结婚当天晚上，曼斯菲尔德就后悔了。第二天她逃离了自己的新婚丈夫。

离开波登后，曼斯菲尔德意识到自己仍爱着加纳特，便去找加纳特。加纳特带着曼斯菲尔德去利物浦、德国、比利时等地旅行。痛心的是，在旅途中曼斯菲尔德流产了，这是她一生中唯一的孩子。她的身体也因此受到了严重的损害，曼斯菲尔德失去孩子后对爱情心灰意冷。

这之后的一段时间里，曼斯菲尔德关闭了自己的心，她从爱情中抽身出来，全身心地投入到创作中，不久，发表了小说集《在德国公寓里》。当她对爱情心灰意冷时，文学编辑约翰·米德尔顿·默里点燃了她心中那盏熄灭的灯。曼斯菲尔德和默里在事业上有共同的兴趣爱好，两个人相处也很融洽，她的小说集《节奏》和《忧郁评论》在默里的协助下顺利出版。曼斯菲尔德从第一次婚姻中逃离出来后，一直没有与波登办理离婚，她与默里一起生活了很久后，波登才提出离婚，成全了曼斯菲尔德与默里。

曼斯菲尔德与默里一起创办了一本杂志，但因为两个人都不善管理，杂志的经营状况一度衰落，最后不得不停刊，他们走向了破产的困境。曼斯菲尔德总是抱怨默里，默里渐渐厌倦了这种悲观无望的生活，他们仅仅维持了一年的婚姻关系急转直下。就在两个人产生矛盾的时候，曼斯菲尔德被诊断患上了肺结核，并且病情不断恶化。她忍受着病痛的折磨，还要面对夫妻情感的破裂，生活中弥漫着灰暗。

患病后的曼斯菲尔德独自去欧洲各国寻求治疗，一路上没有人陪伴她，孤独和死亡常常吞噬她的内心。1923年1月9日，在法国枫丹白露，曼斯菲尔德孤独地离开了这个世界。临终前，她最后的一句话是："我喜欢雨，我想要感受它们落到脸上的感觉。"

我为什么没有真正的家

——曼斯菲尔德致 J.M. 默里

亲爱的:

漫步来到巴黎圣母院后面的花园,树上开的白色与粉色的花朵明媚娇丽,于是我在长凳上坐下来。花园正中有一块草坪,还有个大理石雕的蓄水池。麻雀在水边戏水,溅起一些水花。白鸽在青草地上漫步,并不时地整理着羽毛。

每条长凳和椅子上都坐着一位母亲、保姆或老祖父。刚学会走路的孩子在用小桶和小铲子做泥饼,或用小篮子盛梨树的落花,有时还将祖父的帽子扔到不准游人踏足的草坪上。一个中国保姆走过来,她穿着绿裤子,黑色束腰外衣,头上戴着一顶小头巾帽,个子矮小,样子滑稽可笑。她坐下来边缝衣服边像鸟似的不停嘴地跟孩子说话,还不时地冲孩子们挤眼睛,在头发缝里擦针。

我良久地注视着这一切,然后突然觉得我是在梦中。

我为什么没有真正的家?不能过真正的家庭生活?为什么我没有中国保姆和两个向我跑来摇我腿的孩子?我已不是小姑娘了,我是个女人!我想要这些东西!什么时候我才能得到这一切!

整整一个上午我都在写作。匆忙吃罢午饭后,下午又开始写作,然后吃晚饭,吸一支烟,独自一人待到睡觉时间。爱和欢乐的欲望在胸中荡漾,难以扼制,而生活却在干涸,像老年妇女的乳房一样,在干涸。

我要生活,要朋友,要一所房子,要有人在我周围,要花钱,要给予。(亲爱的,只是不给 P.O. 银行的存款。)

凯瑟琳

1915 年 3 月 23 日

离开你是我的痛苦，听天由命好了

——曼斯菲尔德致 J.M. 默里

亲爱的：

当时，安和德雷在利斯克德。同我想象中一样，安的皮肤黝黑，有一双浅色的眼睛，随身带着一个装有水、背心、油彩等物品的大包；德雷是一个和善的人，他承包了所有的活儿。

在轻松愉悦的氛围中，我们启程前往芦港。天气酷热，一切都被太阳暴晒着，安静之中，唯有鸟儿在欢快地唱着歌，不时飘来风铃草的香气。一路走来，开拓了我的眼界，许多事都出乎我的意料，我要慢慢给你讲。

旅馆派来了轻便的马车，我们乘着马车在大街小巷中穿梭，神奇的景象展现在我的面前，街道连在一起如同花环，大海就在不远处，海鸥在自由自在地飞翔，有些海鸥无拘无束地停落在屋顶上，然后用嘴打理着羽毛。我们的旅馆面朝大海，真是一个令人陶醉的地方。旅馆很气派，绝对算得上是高档旅馆，当然，价格也很昂贵。

在旅馆里，竟然还有一座玻璃庭院，墙壁和屋顶完全是玻璃的，在天气不好的时候，可以在那找一把长椅坐下来。安很细心，为德雷准备了一套大房子。清晨，阳光透过三面向南的窗户照进屋内，直到下午 3 点，阳光才恋恋不舍地离开。房间宽敞、整洁，床铺柔软而舒适。屋内放着一把扶手椅，看上去也非常舒服。浴室就在走廊的另一边，24 小时都有热水，卫生间尤为高档，这样的配置堪比疗养院。

10 点钟了，我准备休息了。大海就在房间的对面，我已经将窗帘拉了下来，曾经熟悉的声音又在我耳旁响起，我的心不由得一阵感伤。我不愿承认，最近我们经历了太多可怕的事情，我们漫无目的地游荡着，不知道方向在哪儿，不知道自己要做些什么。

下个月，你就可以过来了。离开你是我的痛苦，听天由命好了。请宽恕我，过去怎样我已忘记了。如今我疾病缠身，真是令我难受。多么希望你能够真正理解我对你的爱……

凯瑟琳

1918 年 5 月 17 日

温莎公爵 [4]

1894.6.23-1972.5.28

乔治五世去世后，爱德华作为长子继承了王位，但是他仅仅在位 325 天，便为一个女人放弃了王位，这个女人便是辛普森夫人。华里丝·辛普森小时候是一个活泼外向、自命不凡的美国姑娘。她最早接触到的书籍大都是关于音乐、歌剧、流行时装这类的读物。受这些读物的影响，她从小便像贵族家庭的孩子一样举止高贵优雅，她从不称她的母亲为"妈妈"，而是"妈咪"。辛普森夫人在遇到爱德华之前，曾有过两次婚姻，她的第一任丈夫是军人，随后她又嫁给了商人辛普森，并跟随辛普森一起来到英国生活。

1930 年 10 月，辛普森夫人在参加一次游猎活动时，第一次见到了爱德华，但这仅仅是一面之缘，他们没有任何沟通，甚至爱德华都不记得辛普森夫人的名字。半年后，第二次相见时他们的关系也没有进展。爱德华向辛普森夫人表达好感是在他们第三次见面时。那次，爱德华在宴会上见到辛普森夫人时，不停地赞美她的礼服，在宴会结束后也没有直接回去休息，而是出人意料地在门

---

4. 爱德华八世（Edward VIII, 1894 年 6 月 23 日至 1972 年 5 月 28 日），英国国王，全名爱德华·阿尔伯特·克里斯蒂安·乔治·安德鲁·帕特里克·戴维（Edward Albert Christian George Andrew Patrick David），逊位后被其弟乔治六世封为温莎公爵（Duke of Windsor）。

门外等候辛普森夫妇，并派车将他们送回家。

渐渐地，爱德华和辛普森夫人的见面次数多了起来。爱德华被辛普森夫人独立、幽默、独特的见解吸引，进而对她着迷了。1932 年的时候，辛普森夫人已经成了亲王贝尔凡得宫的常客。辛普森夫人过生日的时候，爱德华在伦敦最大的饭店为她举办了生日晚会。在宴会上，他把一个天鹅绒的小盒子送给了辛普森夫人，里面是一枚钻石和翡翠的手镯。

爱德华风度翩翩，极为绅士，是无数女人的梦中情人。他 22 岁时，曾与一位公爵的女儿罗丝玛丽相爱至深，但遭到了国王夫妇的阻挠，王室的法规条令不允许王子决定自己的婚姻。王室曾在欧洲各国为爱德华物色了 18 位妙龄公主，但都被他拒绝了，他向往的是自由恋爱。在与辛普森夫人相恋 5 年后，他面临着一个很重要的人生选择。

1936 年 1 月 28 日，乔治五世去世，爱德华继承王位。即位典礼后，爱德华笑着对辛普森夫人说："任何事情都不能改变我对你的感情。"5 月，辛普森夫人和丈夫办理了离婚手续，随后，便和爱德华去地中海度假。当他们沉浸在美好的爱情里的时候，完全没有料想到美国的媒体正在大肆报道这位新英国国王的恋情。消息像病毒一样传到了英国，英国报纸也相继报道他们的恋情，英国王室因此蒙羞。王室提出了解决办法：辛普森夫人必须立刻离开英国；或者爱德华逊位。

12 月 11 日，爱德华发表了公开讲话，为了能和心爱的女人结婚，他甘愿放弃王位。就这样，爱德华只做了 325 天国王，连加冕典礼都没来得及举行，便为辛普森夫人放弃了万众瞩目的位置，从爱德华八世变成了温莎公爵。

我会想念你的，而且越来越汹涌

—— 温莎公爵致辛普森夫人

　　亲爱的：

　　早安！

　　你和狗狗还没有睡醒，所以我拜托斯托依尔留下来。如果你想让斯里帕来高尔夫球场同我一起活动一下，可以让他过来。我觉得有些疲惫，所以球技肯定难以发挥出来。下午的时候，我们可以单独相处。在这之前，我会想念你的，而且越来越汹涌。

戴维

星期日

吉尔福德萨顿宫

我愈发属于你

——温莎公爵致辛普森夫人

亲爱的：

我们互道早安吧。

距离我醒来已经过去几个小时了，都怪弗里泽，9点就把我叫醒了。我问他为什么要叫我起来，他就说公爵们都已经起床了。这让我很生气。

好在今天天气不错，所以你快些过来。在这间偌大的房子里，只有我一个人，这让我觉得有些怕，因此更加地想你。你想我吗？我多么希望是我和你一起住在这座城堡里。

你同我想的一样吗？我愈发属于你。

戴维

只要戴维活着，他就会一直爱你

——温莎公爵致辛普森夫人

亲爱的：

今晚，有位男士想念着某位女士，难以入睡。所以他不得不回忆着关于她的点点滴滴，以此帮助他尽快睡去。

亲爱的，你要放宽心，即便我不在你身边时，也无须担忧。请你相信我，时间只会让我对你的爱更加深厚。无论遇到何种阻挠，我都会把你紧紧抱在我的怀中。只要我们能够坚定不移地爱下去，我们的爱就如同我们的生命一样延续。

给你写下这封信，就是为了向你阐明我对你的爱。

希望你能明白，只要戴维活着，他就会一直爱你，永远爱你。

戴维

布达佩斯杜那帕洛塔饭店

我恳请你不要放弃王位

——辛普森夫人致温莎公爵

亲爱的戴维：

希望你在做决定之前，能够收到这封信。

我恳请你不要放弃王位，一旦你为了我这样做了，那么我将成为英国的罪人，人们会责怪我本可以阻止你却没有。

吉布斯给我打了电话，说内阁要求你在今天下午5点之前必须做出决定，所以我必须以最快的速度寄出这封信，以便让你向首相提出我的计划，如果他不同意，你再说出你的计划。这样一来，人们就会知道我们曾试图妥协过，但没能被采纳。

我希望你能够做到言而有信，但关于此事，你还是要斟酌一下，你要向王室和内阁提出掷地有声的想法，并且让英国的媒体刊登你所发表的言论。作为王妃，我与你的孩子可以不继承王位，这一点可以向他们说明，如果依旧不能得到认同，那么你再决定放弃王位。

……

你应该向社会表明你的态度，人们盼着你可以公开发表自己的看法，一旦你的想法被所有人所知道，那么首相也就不会继续过于强硬地拒绝我们的计划。

亲爱的，你要冷静下来，你要知道，你的人民希望你做何种决定，你不要辜负他们的期望，就算是为了人民，也要耐下心来，以后会慢慢好起来的。到时候，你就能够获得自己想要的一切。如果他们继续反对，那么我们也算坦坦荡荡。

在国会中，首相一直在强调说，你一意孤行，坚持要将我封为王后。我觉得他这样胡言乱语是在中伤你，你要坚定地为自己辩解。我希望你千千万万不要在沉默中以退位来解决这一切。至少你的人民应该有权利知道，是内阁的强势才导致你出此下策。你要是不向人们阐明这一切，他们会一直误会你，而我们则将成为人们所唾弃的对象，我们也就难以获得真正的幸福。

紧紧拥抱你的华里丝

给爱德华

1936 年 12 月 6 日

费雯·丽

1913.11.5-1967.7.7

1931 年，18 岁的费雯·丽在一个街区的舞会上邂逅了 31 岁的霍尔曼。霍尔曼出身名门，剑桥大学毕业后在伦敦开了一家律师事务所。霍尔曼在舞会上很绅士地邀请她跳舞，并关切地询问她的生活状况。对于在修道院长大的费雯·丽来说，她从没遇到过这样儒雅稳重的男人，霍尔曼的一举一动都散发着成熟男人的魅力，仿佛一道阳光照进费雯·丽的生活。

那时，费雯·丽在皇家戏剧学院上学。每天下课，霍尔曼都会在学校门口等她，两个人出双入对，羡煞旁人。1932 年圣诞节的前夕，在西班牙的圣詹姆斯教堂，霍尔曼为费雯戴上了一枚绿宝石戒指，19 岁的费雯·丽正式成为霍尔曼的妻子。

结婚后，费雯·丽停止了学业，开始全心全意地做一名家庭主妇。一年后，他们的女儿苏珊娜出生，年轻的费雯·丽开始扮演母亲的角色。然而，这种日复一日的家庭生活令她觉得枯燥无味，她对霍尔曼吐露说自己想回皇家戏剧学院继续学习。但对于妻子的想法，霍尔曼表现得毫不在意。霍尔曼需要的是一位贤良淑德的家庭主妇，而不是一个女演员，他传统的思想观念和费雯·丽重返戏剧舞台的决定产生了矛盾，尽管两个人看上去仍旧相敬如宾，但貌合神离之下，两个人的婚姻也渐渐走向尽头。

费雯·丽第一次见到奥利弗，是在奥利弗演出《皇家剧场》时，她指着舞台上的奥利弗说："总有一天我要嫁给这个人！"费雯·丽把这部戏看了14遍。

后来，费雯·丽渐渐在表演上有所成就，便有了和奥利弗一起工作的机会。电影《英格兰大火记》的导演邀请费雯·丽出演这部电影的女主角时，费雯·丽欣喜地发狂，因为男主角是她心心念念的奥利弗。费雯·丽见到奥利弗时说："很高兴我们在一起工作。"奥利弗回答她说："在一起工作久了，我们很可能会讨厌对方。"但事实是，《英格兰大火记》拍完后，奥利弗已经离不开费雯·丽了。他为了见到费雯·丽，常常去霍尔曼家做客，因演艺事业上的追求，他们惺惺相惜，被命运错综复杂地纠缠在一起。

后来，他们又合作了《哈姆雷特》，这之后，费雯·丽和奥利弗的爱情一发不可收拾。虽然他们各自都有家庭，但两个人谁都无法控制对彼此的爱，不久后，他们开始同居。和霍尔曼不同，奥利弗与费雯·丽志同道合，他们热爱舞台、热爱表演，了解彼此内心的渴望。在一起生活后，两个人常常牵着手去广场散步、喂鸽子，他们耳鬓厮磨，做所有普通恋人会做的事。

费雯·丽深沉地、小心翼翼地爱着奥利弗。费雯·丽凭借在《乱世佳人》中的出色表演夺得奥斯卡最佳女主角，但是她回去后便把奖杯藏在了柜子里，因为奥利弗在《呼啸山庄》中表现平平。为了不让奥利弗伤心，费雯·丽一直没有把"小金人"拿出来过，直到奥利弗获得奥斯卡最佳男主角，费雯·丽才把它拿出来和奥利弗的奖杯放在一起。1951年，费雯凭借在《欲望号街车》里的演出再次获得奥斯卡最佳女主角，随后又获得了戛纳电影节最佳女演员奖，但她并不在乎自己取得的成就，只有奥利弗才是她的生活重心。

1956年，他们一起生活了20年后，费雯·丽被诊断患上了狂躁症。她常常会歇斯底里地大喊大叫，根本控制不了自己的情绪。因为长期的舞台表演，过度地透支体力，费雯·丽又患上了肺病。伴随着身体和精神上的痛苦，她与奥利弗的生活也出现了一些矛盾。费雯·丽会因一些小事和奥利弗争吵，患有狂躁症的她很难控制自己的情绪，她常常一边大喊大叫，一边在房间里转来转去，自言自语地说一些别人听不清的话。看着妻子像困在笼中的野兽一样挣扎，奥利弗开始时还很耐心地安慰费雯·丽，试图帮助她渡过难关。他带她去度假，希望能缓解她的情绪，但是一点效果也没有。随着费雯的病情越来越严重，奥利弗也被费雯·丽折磨得痛苦不堪，他开始逃避，越来越长时间地不在家，外出巡回演出。费雯·丽曾在极度绝望中给奥立弗写了长达22页的信，诉说她的孤独和想念，但他们的婚姻已经没有任何回旋的余地了。

1960年，费雯·丽收到了奥利弗的分手信。他们分开后，费雯承受着精神与心灵的双重打击。她用最好的年华去爱他，最终却是一场空。所幸，费雯在最孤独无助的时候，戏剧演员约翰·梅里韦尔出现了。在费雯·丽人生最后那段岁月，梅里韦尔给了她最温暖的依靠。

梅里韦尔比费雯·丽小十几岁，是她最忠诚的支持者。自从与费雯·丽搭档出演《复仇天使》后，他便经常去她家做客。当费雯·丽与奥利弗的婚姻走到尽头时，梅里韦尔清楚地认识到自己对她的爱有增无减。梅里韦尔了解费雯·丽的病情，他对她悉心呵护，照顾着费雯身体的同时，也呵护着她的内心。但费雯·丽给梅里韦尔的信件，落款总是写"费雯·丽·奥利弗爵士夫人"。梅里韦尔知道费雯的心里始终爱着奥利弗，但他从不计较这些，能够在她身边照顾她，他就已经很满足了。费雯·丽的病情发作时，她会对梅里韦尔拳打脚踢、破口大骂，但他并不恼怒，耐心地陪在她身边。

1967年7月7日，梅里韦尔在外演出间隙给费雯·丽打了一个电话，他从电话中察觉到她有些虚弱，便不顾疲惫地赶回家中。回去后，看到费雯·丽正在熟睡，他才放下心来去吃早餐，但就这片刻的工夫，费雯·丽停止了呼吸。

费雯·丽去世后，伦敦所有的剧院熄灭舞台脚灯一分钟，演员和观众为她默哀。按照她的遗愿，她收藏的埃德加·德加的名画《浴女》赠给了劳伦斯·奥利弗。

我的爱人，你放在我口袋中的礼物，我已经发现了

——费雯·丽致梅里韦尔

亲爱的：

我一直期盼着今天能够早些结束工作，然后抓紧时间写信给你。

中午的时候，阿贝尔找我了聊了聊有关剧本的事。下午2点半的时候，戴伯特·曼就新歌的事来找我，邀我过去听一听，顺便提一些意见。亲爱的，我的剧本一改再改，我实在不确定要等到什么时候才能定下来。直到6点半我才回到家，满心忧愁，不知道该怎么应对这种演出方式，我分不清哪种方式是对的，哪种是错的。对于音乐剧，相信不同的人会存在不同的见解，他们都是有经验的人，而我感到十分迷茫，心中一团乱。

我只想听到关于你的消息，我的爱人，你放在我口袋中的礼物，我已经发现了。有些顽皮，但让我万分感谢，感谢你慷慨给予我的温柔。希望你与麦克太太、琼斯能够相处愉快。

我的爱人，晚安，我爱你，我从你的来信中汲取力量。

不像你最爱的安琪儿写的信。

费雯·丽

伊丽莎白·泰勒

1932.2.27-2011.3.23

伊丽莎白·泰勒一生结过 8 次婚，最被津津乐道的是与理查德·伯顿的爱情。

1962 年 1 月 22 日，伊丽莎白·泰勒在《埃及艳后》的罗马片场第一次见到伯顿。伯顿看到泰勒后，径直走到她面前，说："有人告诉过你，你是个美人儿吗？"泰勒常笑着回忆起伯顿的这次搭讪："很难想象，我们就这样开始了！"《埃及艳后》成了他们的经典作品，他们也因拍这部电影而坠入爱河。两年后，他们在加拿大的蒙特利尔低调地举办了婚礼。从此他们分分合合，纠缠一生。

泰勒对珠宝很痴迷，一生中收藏的珠宝有 300 多件，而送她珠宝最多的人就是伯顿。伯顿送给泰勒的定情信物是一枚 7.4 克拉的阶梯形切割八角祖母绿戒指，周围由 12 颗总重 5.3 克拉的梨形钻石环绕。泰勒喜欢这枚戒指，常戴着它演电影、参加各种活动。1967 年，泰勒凭借《灵欲春宵》中的表演第二次获得奥斯卡最佳女主角，在颁奖典礼上戴的也是这枚戒指。

泰勒和伯顿像两团烈火，当他们互相靠近时，总会灼伤彼此。伯顿喜欢喝酒，泰勒性格比较急躁，这成了他们生活中最大的矛盾。泰勒总会无意中激怒伯顿，然后两个人不可避免地要大吵一架，但每次吵完架，两个人又都很痛苦。伯顿曾在一封给泰勒的信中无奈写道："上帝惩罚普罗米修斯，是因为他盗走了火种；上帝惩罚我，是因为我抢走了一团火，却又试着扑灭它，而这团火，就是你。"有一次，他们又因一些小事大吵了一架，吵完后，他们分居两室。深夜，伯顿辗转反侧，起身给隔壁房间的泰勒写信："我们都是疯子，更不幸的是，我们都执迷不悟。"

其实，泰勒和伯顿在心里一直深爱着彼此，虽然他们努力地维持着这段婚姻，但在结婚 10 年后，两个人还是分开了。

他们离婚后的某日，泰勒在日内瓦见到了伯顿，她无法控制自己的情绪，在伯顿的怀里哭得像个孩子。面对媒体时，泰勒很坦诚地讲述两个人的感情："我们非常爱对方，除了生死，不会真正分离。分开只是暂时的，也许是为了以后能更好地在一起。上帝保佑我们能度过这段艰难的日子，请大家为我们祈祷。"

几个月后，伯顿对泰勒的思念与日俱增，他无法忍受与她这么长久分离，便写信给她，恳求她回到自己身边。1975 年 10 月 10 日，在他们离婚一年后，两个彼此深爱又互相伤害的人终于和解，复婚。在第二次婚礼上，泰勒向丈夫承诺，以后再也不会和他分开。

但他们的第二次婚姻仅仅维持了 9 个月，往日糟糕的生活模式便再一次席卷而来，争吵仍旧是他们生活的主题，他们只能再次离婚。这次离婚，伯顿备受打击，他消极度日，借酒消愁，并且周旋于不同女人之间。不久后，伯顿再婚，得知这个消息后，泰勒深感失落。

伯顿在人生的最后几年，仍对泰勒一片痴情，他坚持写信给泰勒，倾诉对她的爱意。1984 年 5 月 8 日，伯顿离开了这个世界，他和这个一生中最爱的女人，终归没能拥有一段圆满的婚姻。他们两个人的爱情与婚姻，比他们参演的任何一部电影都值得回味。

伯顿逝世后，泰勒收到了他在去世前一天写给她的情书，信中说："与你相处的时光是我一生中最幸福的时光。"泰勒一直怀念着伯顿，她 78 岁的时候，对外界公布了伯顿写给她的情书，她对记者说："理查德信中的每一个字都包含了很多含义，从第一次我俩在罗马相识以来，我们一直疯狂地爱着对方。"

2011 年，泰勒去世。她把珠宝和藏品都交由佳士得拍卖，所得的资金全部赠予艾滋病防治基金会，唯一带走的是伯顿给她的最后一封情书。这封情书和泰勒葬在了一起。

我目空一切，却只愿看到你

——伯顿致伊丽莎白·泰勒

亲爱的：

我目空一切，却只愿看到你。尽管对于你自己而言，无法知晓自己是多么迷人，你的魅力如此令人陶醉，又如此危险。

小伯

1964 年

法国篇
FRANCE

伏尔泰 / 卢梭 / 拿破仑
巴尔扎克 / 雨果 / 乔治·桑
缪塞 / 福楼拜 / 萨特 / 波伏娃 / 萨冈

Voltaire

Jean-Jacques Rousseau

Napoléon Bonaparte

Honoré de Balzac

Victor Hugo

George Sand

Alfred de Musset

Gustave Flaubert

Jean-Paul Sartre

Simone de Beauvoir

Francoise Sagan

弗朗索瓦 – 马利·阿鲁埃 [5]

1694.11.21-1778.5.30

19 岁那年，伏尔泰被派往海牙担任法国大使随员，他在海牙遇到了杜诺耶。两个人很快坠入爱河，他们热烈地相爱，共同幻想着美好的未来生活，然而杜诺耶的母亲知道他们的关系后，极力反对他们继续交往。伏尔泰也被法国大使关禁闭。他们偷偷地计划着私奔。在他们私奔的途中，伏尔泰被遣返巴黎，而杜诺耶则被送回海牙，两个相爱的人最终没能走到一起。这段爱情就此幻灭，杜诺耶成了别人的妻子。

1726 年，32 岁的伏尔泰遭到贵族德·罗昂的诬告，最后被驱逐出境，流亡英国。在英国待了 3 年后，伏尔泰受法国国王路易十五的默许，回到了巴黎。几年后，伏尔泰把在英国的所见所闻写成了《哲学通信》一书。回国后，伏尔泰认识了女演员勒库弗勒，两个人随后开始了同居生活，然而他们在一起还不到一年的时间，勒库弗勒就患伤寒病去世了。

1733 年初夏，在朋友的介绍下，伏尔泰认识了一位贵族夫人爱米丽。爱米丽 17 岁时嫁给了夏特莱侯爵，认识伏尔泰时她已经 27 岁，是两个孩子的母亲。夏特莱侯爵常年在外从军，并且已在外有了情人，所以对于妻子的婚外情表现得很大度。他们刚刚认识几天的时间，伏尔泰便按捺不住内心的欣喜，写

---

5. 伏尔泰的原名。

了一首诗送给爱米丽：

为何你这么晚才来到我身边，我从前的生活有如一片空白，我追寻爱情，看到的却只是海市蜃楼，我找到的仅仅是快乐的阴影，只有你才是欣慰，才是温柔。在你的怀抱中，我找到了无穷的快乐。

伏尔泰和爱米丽在一起的几年中，他们常常在一起讨论牛顿、哲学和科学。爱米丽后来成了伏尔泰的助手，协助伏尔泰的研究创作。在她的帮助下，伏尔泰完成了《牛顿哲学原理》。

爱米丽去世后，伏尔泰痛不欲生。他给朋友写信倾诉内心的痛苦，他在信中说："我失去了我的另一半，一个与我天生相配的灵魂。"几个月后，伏尔泰去了他和爱米丽在巴黎生活过的地方。在他们曾经度过浪漫岁月的公寓前，伏尔泰不停地踱步，在深夜里喊着"爱米丽"的名字。

伏尔泰把对爱米丽的思念写进了诗里：我静静地在我的寰宇中，在西莱的田野里，等待着你。仰望着唯一的星，仰望我的爱米丽。

世间万物都无法让我与你分开

——伏尔泰致杜诺耶[6]

亲爱的杜诺耶：

以国王的名义，我的自由遭到了束缚。但是，他们可以夺去我的生命，却夺不走我对你的爱情。我最钟爱的人，如果能够在今晚与你会面，就是让我上断头台，我也心甘情愿。在你写信给我的时候，要注意自己的措辞，要多加小心谨慎。对于你的母亲，你一定不能掉以轻心，一定要防备，而且不仅是你的母亲，还包括其他所有人。

当你看见新月之时，便立刻出发，我会乔装打扮后乘车离开旅馆。我们会合后，便可以远走高飞。我会带着纸和笔，以便可以给你写信。如果你确信是真的爱我，那么就劝说自己勇敢一些，为我们的爱情竭尽所能。尤其是对你的母亲，不要透露半点消息。我不会畏惧任何困难，不会因任何事离你而去，世间万物都无法让我与你分开。我们的爱情对得起一切。

期待你的来信，我会将所有事都坦诚地告诉你。

再见，我的心肝宝贝。

阿鲁埃

1713 年　于海牙

6.伏尔泰在海牙时，计划着与杜诺耶私奔时，写给杜诺耶的信件。

让－雅克·卢梭

1712.6.28-1778.7.2

卢梭44岁时，已经赫赫有名，他在埃皮奈夫人送给他的别墅里，过着惬意悠闲的生活。他回忆自己走过的岁月时，发现自己从没体验过疯狂地爱一个人的感觉，他希望找到一个与自己心灵契合的人，热烈地相爱一场。

在卢梭对爱情满怀憧憬的时候，光彩动人的乌德托夫人来到了卢梭的身旁。乌德托夫人出身名门，她的丈夫是宫廷近卫队军官，但他喜欢赌博、惹事，她从没有爱过他，她爱的人是圣朗拜尔。

圣朗拜尔是卢梭的好朋友，他在服役前嘱咐乌德托夫人替他去拜访卢梭。乌德托夫人身材娇小，才思敏捷，令卢梭眼前一亮。乌德托夫人常常跟卢梭谈论正在服役的圣朗拜尔，她毫不掩饰对心上人的爱。卢梭被爱着圣朗拜尔的乌德托夫人感动得一塌糊涂，对乌德托夫人产生了强烈的爱情，不知不觉坠入了爱河。

卢梭向乌德托夫人祖露自己的爱意时，遭到了她的婉言拒绝。对乌德托夫人而言，卢梭只是她的朋友，她坚定地认为自己真正爱的人是圣朗拜尔，绝不能同时爱两个男人。虽然乌德托夫人时常拜访卢梭，也常邀请卢梭来家中聚会，但她从没有接受过卢梭的爱。

卢梭对乌德托夫人的执着追求，引来了上流社会的指责。乌德托夫人的嫂子埃皮奈夫人嫉妒她能够得到卢梭的宠爱，甚至不惜与她撕破脸皮。出于嫉妒，埃皮奈夫人在乌德托夫人和圣朗拜尔之中挑拨离间，将乌德托夫人与卢梭的来往告诉了圣朗拜尔。乌德托夫人不得不断绝与卢梭的来往，连朋友也做不成了。

在乌德托夫人之前，卢梭在 30 岁左右的时候认识了酒店的一个女佣——黛莱丝·瓦瑟。23 岁的瓦瑟温柔善良、淳朴坦诚。当她把自己可怜的身世和不幸遭遇告诉卢梭时，本以为卢梭会嫌弃她，但没想到，卢梭对她产生了极大的同情。瓦瑟没上过学，甚至连钟表都不会看，但是她忠诚地陪伴在卢梭的身旁。卢梭对瓦瑟声明：我永远都不会抛弃你，但也永远不会娶你。之后他们便同居了。瓦瑟先后为卢梭生了 5 个孩子，都被卢梭送去了育婴院。

卢梭在和瓦瑟同居了 25 年后，放下了"永远不会娶你"的执念，在垂暮之年和瓦瑟在巴黎正式结婚了。

我多么希望自己能够用铁石心肠来对你

——卢梭致乌德托夫人

亲爱的：

我多么希望自己能够用铁石心肠来对你，以此让毫无怜悯之心的你吃点苦头。我的理性，我的骄傲，甚至我的生命，你一并带走了。如果你不能用爱神的箭了结我的生命，却狠狠刺入我的心窝，你真是太残忍了。你看我过去如何，现在又如何，就能知晓我因你而发生了多少改变。当你说会按照我说的做时，我意气风发，信心满满，而当你抛弃我时，我则在一瞬间成为一粒尘埃般的存在。我失去了理性和勇气，我所拥有的一切，你都轻而易举地毁掉了。

坦诚来讲，希望你为了自己的名誉考虑一下，难道我不是你的一部分吗？既然我已经属于你，那么我可以说，我是你的。追忆一下过去的美好吧，即便我此刻正在痛苦中沉沦，也难以忘记曾经的快乐。心中的热火在无形中指引着我到你的身边，虽然你有了其他爱人，难道我就不曾让你有过一丝动摇吗？你曾对我说，我是你心中最体贴的爱人，没有人能够与我相提并论。当我听到你的这番言论时，内心的狂喜可想而知。我曾试图让你更加深刻地体会这种情感，但如今你却改变了主意。你为什么要这样做呢？是不是如果我可以更加年轻，更加亲和，你就可以接受我了呢？我可以满足你的诸多条件，只希望你不要反悔。

真的不能再继续我们的友谊了吗？我最爱的人，明明活着却不能倾尽全力去爱，这对我来说是多么残忍。你要我如何能够与你分开？我要不顾一切地向你倾诉，请求你看一看我如今失魂落魄的模样，这并非我的本来面目，并非我的本性，而是因为你才变成了这样。希望你能回答我，我曾不顾一切的爱，都已经不复存在了吗？然而我却依旧要说，我对你的深情更胜从前，我对你的尊重更胜从前，我更加小心谨慎，唯恐因一时疏忽而惹你生气。

……

我对你的爱，不逊色于爱我自己。就请继续你对他的爱恋吧，如此才不会伤害一个无辜的人。至于我，只是希望能够得到你的宽恕。如果我能够克制自己，那么也就有了战胜痛苦的力量。既然已经被心上人所抛弃，那么我这颗敏感的心又还有什么用处，只剩下失落和无助。

1757 年 6 月

埃里蜜塔哥

拿破仑·波拿巴

1769.8.15 - 1821.5.5

1796 年，27 岁的拿破仑在巴黎邂逅了约瑟芬。彼时约瑟芬 33 岁，是一个富豪的遗孀。约瑟芬出身名门，虽然经历过一段婚姻，但仍旧风韵犹存，散发着成熟女人特有的魅力，她深深地吸引了瘦弱矮小的拿破仑。面对相貌平凡的拿破仑，约瑟芬常常赞美他，她对拿破仑说："你将来定是个伟大的将军。"

遇到约瑟芬之后，拿破仑一改往日的沉默寡言，表现了对爱情的强烈渴望，他们认识 3 个月就结婚了。

在他们结婚后的第二天，拿破仑便接到了命令，要赶赴战场指挥意大利军队摆脱奥地利的统治，约瑟芬独自留在了巴黎。身在战场的拿破仑对妻子非常想念，他随身带着妻子的照片，一有空闲便拿出来仔细端详，然后深深地亲吻照片中的妻子。他每天都会趴在战壕里给约瑟芬写信，在信中写下自己的思念："我整个身心都注满了对你的爱，这种爱夺去了我的理智——我会离开军队，奔回巴黎，拜倒在你的脚下。"与此同时，他希望妻子能够前去和他团聚。但拿破仑的信好像沉入大海的石头，他没有收到任何回信。拿破仑甚至在后来的信中苦苦哀求："你明明知道你的信能带给我快乐，但你却不肯草草地写上 6 行字给我，我因没有你的信而坐立不安。"同拿破仑的执着一样，约瑟芬始终没有给拿破仑回信，更不愿前去相聚。

不久之后，拿破仑听闻妻子在巴黎有了外遇。他并没有动怒，反而恳求约瑟芬马上写信给他，只要她能够重新回到他的身边，他便不会计较。拿破仑的苦苦哀求无济于事，约瑟芬仍旧我行我素，没有给他任何回信。

拿破仑结束征程返回巴黎时，约瑟芬前去迎接，但因为没找到正确的路，所以没有在第一时间见到自己的丈夫。约瑟芬沿路返回，想着能在家中与拿破仑相见，但是她回到家后，拿破仑却拒绝和她见面。

1804 年 5 月，拿破仑成为法兰西第一帝国第一任皇帝。在接受加冕之前，约瑟芬私下请求教皇的支持，希望教皇能帮助她成为皇后，教皇应允了她的请求。在拿破仑的加冕典礼上，他与约瑟芬身穿华丽的衣服，一同接受人们的欢呼。然而，好景不长，就在约瑟芬以为拿破仑仍旧对她痴心时，拿破仑拒绝与约瑟芬同处一室。

1809 年，在杜伊勒里宫的内厅，拿破仑要求终止自己的婚姻。12 月 16 日，拿破仑与约瑟芬的婚姻正式画上了句号。

离婚之后，忙于政事的拿破仑对约瑟芬再无半点感情。与拿破仑的冷漠不同，约瑟芬对拿破仑的感情却与日俱增。就像拿破仑在战场上每天给她写信一样，约瑟芬一个人生活在马尔梅松的时候，给拿破仑写信成了她每天必做的事，只是她几乎没收到过拿破仑的回信。

我将自己的马送给你，盼着你尽快来我这里

——拿破仑致约瑟芬

我最爱的姑娘：

你的来信让我欢欣鼓舞，能够得知你的健康情况，我由衷地开心。我向你提议，可以骑着骏马去空旷的原野上飞奔，这绝对有利于你的健康。与你分别之后，我一直忧心忡忡，唯有陪伴你身边的时候，我才能舒展眉头，获得片刻快乐。我想念着你的吻，你的眼泪。要等到什么时候，我才能放下一切琐事，全身心投入到与你的厮守中去呢？我盼望着有朝一日，能够抛开所有，全心全意地爱你。

我将自己的马送给你，盼着你尽快来我这里。很久以前，我只是确定我爱你，然而相见之后，对你的爱与日俱增，超出之前的千万倍。自从与你相识，我便一日胜过一日地爱你。恳请你向我展现一下你的缺点，多么希望你并不是如此美丽，如此动人，如此温柔，如此体贴。但愿你能够一直宽容大度，一直保持微笑。你的眼泪会摧毁我的理智，让我整个人变得亢奋。就目前所有的观念来看，若是与你无关的事情，我就没有如此强烈的意愿。

你乖乖调养身体，尽快康复。然后尽快来我这里。让我在战死沙场之前，至少有过片刻的快乐。

拿破仑

1796 年 7 月 17 日晚　于麻密罗洛

你还记得我，这让我感激不尽

——约瑟芬致拿破仑

我最爱的人：

你还记得我，这让我感激不尽。我的儿子刚刚给了我你的来信。你或许不知道，在等待这封来信的过程中，我是何等煎熬，对它翘首以盼。信上的每一个字，都让我落下泪来，但我要告诉你，这泪水只有喜悦和甜蜜。

因为你，我又重新了解到了自己的初心，并且确信以后不会再将它丢掉了。这颗心藏着我与你的爱情，而爱情构成了我生命的全部，伴随着我生命的始终。若是我之前写给你的信并不让你愉快，那我为此感到失落。虽然现在我不能完全记着信中的全部内容，但其中蕴含着的感情，我清楚它所承受着的痛苦。再也无法收到你的来信，这对我而言是一种折磨。原本，我可以经常给你写信的。后来你迟迟不肯再与我联络，怕是有太多理由。但无论如何，你的来信是我的一剂良药，让我能够忘记痛苦。

祝你愉悦，这是我真诚的祝福。你真真切切地给过我快乐，但我也清楚地知道，对过去的念旧是我目前最有价值的事情。

我的爱人，祝你一切都好。

我感谢你，也会永远爱你。

约瑟芬

1810 年 4 月　于拿瓦拉

奥诺雷·德·巴尔扎克

1799.5.20-1850.8.18

当巴尔扎克的名声传到波兰后，波兰的一位贵族夫人被他的才华折服，尽管她从没和巴尔扎克见过面，但她对他的爱慕之情却与日俱增。这个女人便是汉斯卡夫人。汉斯卡夫人是波兰的贵族，她在18岁时嫁给了波兰第二共和国时期沃伦省（现属乌克兰）的一个贵族，但是这种显赫的身份并没有满足汉斯卡夫人的虚荣之心。

在知道了巴尔扎克的名声后，汉斯卡夫人按捺不住心中的热情，给巴尔扎克写了一封信，信的结尾并没有署名，也没有留下她的收信地址，但她在信中嘱咐巴尔扎克，收到信件后在《每日新闻》上刊登一则信息：巴尔扎克先生收到了您的来信。一直到今天，我才能借用这张报纸告诉您这件事情。很抱歉，我不知道把信回到什么地方。

巴尔扎克收到这封没有署名的信件后，兴奋极了。面对一无所知的寄信人，他充满了幻想，猜测这位神秘的寄信人一定是位端庄貌美的女士，而且出身高贵。于是，为了寻找这位爱慕者，他便按照信中所说的要求刊登了信息。巴尔扎克开始翘首期盼，等待着汉斯卡夫人的回信。不久后，汉斯卡夫人便与巴尔扎克取得了联系，两个人开始从文学渐渐地谈到生活的日常。巴尔扎克与汉斯卡夫人相隔千里，但凭借频繁的书信往来，他们爱得如火如荼。

汉斯卡夫人在信中写道："自从读了您作品的那一刹那，我就把您和天才等同起来。您的心灵站在我面前，光华璀璨。我一步步追随着您前进。"

巴尔扎克回信时写道："只有你才能使我快乐。我在你面前跪下，我的生命、我的心都属于你。你可以一刀杀死我，但不要让我痛苦。"

他们想尽一切办法见面，在他们的预想中，汉斯卡伯爵不会活得太久，所以只要他们有足够的耐心等下去，最后就可以终成眷属。但这一等就是6年，巴尔扎克与汉斯卡夫人在这期间从未见过面，他们只通过书信往来。两个人看上去如胶似漆，但实际上，时间带走了他们的激情，他们对彼此的眷恋渐渐消失了。

在巴尔扎克和汉斯卡夫人都无力维持这段感情的时候，事情有了转机。1841年11月10日，汉斯卡伯爵去世了，这让巴尔扎克与汉斯卡夫人不温不火的爱情又重新回归昔日的热烈。尤其是巴尔扎克，他得知汉斯卡伯爵去世的消息后，难以掩饰自己的喜悦。那时正值寒冬，巴尔扎克顾不上自己生病的身体，迫不及待地赶往乌克兰，去向汉斯卡夫人求婚。汉斯卡夫人没有拒绝，但此时距他们相识已经过去了18年，她的心境早已时过境迁。

在他们从乌克兰返回巴黎的途中，巴尔扎克因风寒病倒了。汉斯卡夫人知道巴尔扎克的病情严重，但她仍旧把病重的巴尔扎克丢在旅馆，自己去珠宝店闲逛，并花了2.5万法郎买下一条项链。

巴尔扎克死后，汉斯卡夫人没有眷恋和不舍，她将巴尔扎克多年精心保存的手稿随意拍卖。

你是我的全部幻想

—— 巴尔扎克致汉斯卡夫人

亲爱的夫人：

我恳请你能够彻底区分两个我，一个是作家的我，一个是普通人的我。此外，我恳请你不要怀疑我对你真挚的爱情。如果你足够留心，就会发现我写给你的每一封信中，都能或多或少地找到我对你爱。如果你足够宽容，足够善良，就请谅解我这份天真愚笨地期待。毫不隐瞒地说，你是我的全部幻想。幸运的是，你能够出现在我的生命中，也许你来自天国……

我坦诚地向你张开怀抱，没有丝毫浮夸，没有半分感伤，唯有真诚。当你将视线锁定在我的脸上时，你就能够体会到我发自肺腑的虔诚，是亲人之间的亲情，是朋友之间的友情，更是恋人之间的爱情。隐藏着我对你的爱慕和敬仰，还有诚挚的美好祝愿。

巴尔扎克

1833 年 1 月

在这个复杂哀愁的世界，你是我唯一的牵绊和爱

——巴尔扎克致汉斯卡夫人

亲爱的夫人：

昨天，我同出卖苦力的黑奴一样，拼了命地工作着，写了许多文字，还做了些许修改。现在这个阶段，唯一能够指望的收入就是《立宪报》给我的稿费。虽然此外，我还有另一份经济来源，但按照规定，我要接受其他的工作，但我认为不可行。现在的形势很复杂，我不得不加快速度，抓紧时间完成《穷亲戚》。我深知任何埋怨都无济于事，唯有不停写下去才能有收入。我现在入不敷出，不仅没有任何余钱，甚至还欠着一堆债。过几天，来自各地的包裹就要到了，我还要为此付费。亲爱的，不用为我担心，我不愿因为我的烦恼而徒添忧愁。

但愿今天上午能够收到你的来信，并从中得知你的地址，以便我将这封信准确无误地寄送到你的手上。起初，我是打算把这封信寄到德累斯顿，但考虑到你去德累斯顿的可能性不大，所以只能先等到你的来信再做打算。

希望你的信能够准时到达，不要有片刻的耽搁。我恳求你，不要为我操心，我会更加努力，同从前一样努力。面对目前的困境，我相信自己有足够的精力和才情去应对。等到勃容的房子收拾好，一切回归宁静的时候，我就搬过去，没有人打扰我，我的写作速度就会很快的，肯定会连续完成几本新作品，到时候也会继续创作剧本。之所以费尽心思搬到勃容，就是为了能够获得一个安静的空间，让我能够专心致志地从事于写作而不受外界影响。

我爱你，有仰慕，亦有尊敬。在我心中，你就是全世界最美好的人，我不惜任何语言来歌颂你，赞美你。你们可否已经启程？如果已经踏上了旅途，我便祝福你们一切顺利。在这个复杂哀愁的世界，你是我唯一的牵绊和爱。

德·吉拉尔丹夫人同我讲，一个熟人和她说，我对你的仰慕让你感到自豪和开心，所以我希望你能够为了这份自豪和开心，让我去与你见面。作为你的仰慕者，自然知道以你的身份地位，不容许我有些许奢望。她还说，我现在对你的追求将是无用功，注定会失败。对此，我表示并不会退缩。

现在是凌晨 4 点半，到了进行创作的时间了。请你收下我的仰慕，再见！

巴尔扎克

1846 年 10 月 18 日早上 6 点

于帕西

维克多·雨果

1802.2.26-1885.5.22

17 岁那年，雨果同门当户对、相貌端庄的阿黛尔·富歇订下婚约。阿黛尔是个画家，她崇尚艺术，雨果热爱文学，他们有很多共同点，能够谈论的话题也比较广泛。相处了 3 年后，雨果和阿黛尔正式结为夫妻。婚后他们先后生了 5 个孩子，幸福美满的家庭生活维持了 10 年。雨果在创作《巴黎圣母院》期间，把所有的精力都放在了作品中，以至于忽略了妻子的感受，被冷落的阿黛尔爱上了另外一位作家。1832 年，阿黛尔不顾一切地选择了这位作家，雨果内心备受打击。

阿黛尔离开雨果后，并没有获得想要的幸福，她的生活一度陷入窘境。为了维持生计，阿黛尔制作了一些木盒子，上面精心刻着雨果、拉马丁、小仲马和乔治·桑的名字，并把木盒拿到集市上贩卖，却无人问询。雨果不经意间得知这件事，便拜托朋友买了下来。

1833 年，雨果和阿黛尔分开两年后，认识了出演由他编剧的《吕克莱斯·波吉亚》的演员朱丽叶·德鲁埃。朱丽叶的出现，让雨果受伤的心得到了慰藉。她不仅善解人意，对雨果的爱也是理智宽容的。在和雨果相处时，朱丽叶小心翼翼地与雨果之前的家庭保持着距离，为了不打扰他与家人的团聚，她时常主动回避。朱丽叶这种理智的爱甚至打动了早已离开雨果的阿黛尔。阿黛尔曾向朱丽叶发出邀请，希望她能来家中做客，但朱丽叶婉言拒绝了。

雨果和朱丽叶相恋之后，每年都会写一段文字纪念他们的爱情，直到朱丽叶去世。但是雨果并没有把这些情书寄给朱丽叶，而是自己珍藏了起来，这本纪念册陪伴着他度过很多个夜晚。朱丽叶和雨果相伴的日子里，她几乎每天都会给雨果写一封信，50多年间，一共写了18000多封。现在这些信保存在法国国家图书馆里。

在1851年，他们在一起18年的时候，雨果隐瞒朱丽叶和莱奥尼偷偷约会。莱奥尼深知雨果在意朱丽叶，便故意将雨果写给她的情书寄给朱丽叶。朱丽叶倍感失望，但她对雨果依然不离不弃。雨果因反对拿破仑三世的专制统治而被迫害和流放时，她仍选择守护在雨果身边，为他抄写《悲惨世界》和《历代传说》等书稿。

他正在思念一个姑娘

——雨果致阿黛尔

亲爱的阿黛尔：

　　或许你一直在好奇，我为何能够如此坚定地认为独立生活对我们而言并不难，但我并不打算满足你的好奇，由此避免向你介绍一位名叫"维克多·雨果"的人，你可以不去了解他，你的维克多也不愿让你去了解。因为父亲军人的身份，这个维克多·雨果无所顾忌，人们望着他的神情，便径自揣测他正沉浸在思考中，而实际上，他正在思念一个姑娘。

　　周围的人时常会说，我是为荣誉而生，但我自认为我是为幸福而生。然而，如果这种幸福的获取需要博得名声，那么这只是我的手段，而不是我的目的。我敬仰荣誉，但我绝不会以此为生，我对荣誉的态度始终未变。即便荣誉降临到我身上，我也不会献上我的祝福，因为我要将所有祝福都献给你。

雨果

1822 年 1 月 8 日

我的灵魂为你所有

亲爱的阿黛尔：

在昨天和前天的夜晚，我感受到了快乐，所以今晚我决定哪也不去，安心在家给你写信。我深爱着的阿黛尔，我有千言万语要对你说。最近几天，我无时无刻不在思考，我所拥有的这份幸福到底真实与否。我想，我所得到的快乐绝非来自人间。

我美丽的阿黛尔，你一定不了解我曾试图忍受什么。一直以来，我自认为是个淡定自若的人，殊不知自己的怯懦；自认为是个勇敢的人，殊不知自己的鲁莽。亲爱的阿黛尔，请允许我臣服于你的脚下、你的温柔、你的坚强，你的一切都让我陶醉。我想，当我爱你到极点时，唯一能做的便是将生命献给你。然而让我意想不到的是，你竟然也做好了为我奉献自我的打算。

但是，我慷慨的阿黛尔，你知道我绝不会利用这一点来为所欲为，你将成为我最尊敬的人。我们结伴旅行，你与我同屋而眠时，你大可放心，我不会打扰你的睡眠，不会触碰你，甚至不会偷看你。我会在椅子上过夜，或者就在你的身旁为你站岗守夜，让你可以安心地入睡。我就是你的奴仆，在没有获得丈夫的权利之前，我所奢望的便是能够拥有守卫你的权利。

亲爱的阿黛尔，请不要鄙视我的怯懦，这几天来，我始终徘徊在失去你的痛苦中。你如此高贵，即便在天使面前，你都要比她高贵。你的善良、坚强，都让我自叹不如。

阿黛尔，我美丽的姑娘，我不是在说些甜言蜜语，我钟情于你，而且会用一生来爱你，我的灵魂为你所有。如果我的一生不能与你相连，如果不能属于你，那么我的生命就没有意义，迟早会枯萎下去。

阿黛尔，当我收到你的信时，心中所想的就是这些。如果你同我爱你一般爱我，那么你就能够理解我的心情。我不知道除了用愉悦来形容此时的心情之外，还能用什么其他的言语，也许，人类所使用的语言根本无法明确地表达。

从痛苦的深渊走出来，享受到极致的快乐，这让我心中惴惴不安，我害怕这只是一场美梦。从今天开始，你就是我的人了，再过不了多久，我的宝贝就会枕着我的胳膊入睡，从我的怀中醒来。到时候，你所想所思的全都是我，而我所思所想也全都是你。

终于等到了这一天，你是属于我的了，就如同受上帝的眷顾。你将成为我的妻子，随后是我们孩子的母亲，你是我的阿黛尔，永远是我的。

晚安，我的宝贝，我最爱的阿黛尔。我想亲吻你的脸颊，轻声说一句晚安，然后睡觉。可惜距离是真实存在的，我只能去梦中与你相会。不久之后，我便会出现在你的身边。

晚安，亲你、抱你。

雨果

1822 年 3 月 15 日　星期五晚

请你允许我的依赖

——阿黛尔致雨果

亲爱的：

你知道吗，我高兴得手舞足蹈！我很开心，你能够邀请我到你家中做客，如此一来，我就能够去你生活的地方一睹为快。但是，我还想坦诚地告诉你，开心之余，我却感到烦恼。因为我深刻地认识到，你与我的距离很遥远，我对你而言，是多么不相称。这不是你的错，也似乎不是我的错，却又似乎是我的错。若是将我的不幸怪罪于你，这是荒唐的事。如果你怜悯我，就请帮我摆脱这番困境，我的灵魂和身体都在饱受折磨。

我的爱人，请你允许我的依赖，恳求你。

阿黛尔

我爱你，这份沉甸甸的爱超越世间万物

——朱丽叶致雨果

亲爱的维克多：

看在我如此痛苦的分上，请你抛开虚假的慷慨，不要为了宽慰我而伤自己的心。即便你伪装得再若无其事，我都能够感受到你内心的波动。我不准许你牺牲自己的幸福成全我，这让我感到绝望。对我而言，因我的错而连累最爱的人受苦，是对我最残忍的惩罚。我爱你，胜过爱自己的生命，胜过对幸福的渴望。我宁愿你与其他女人幸福到老，也不愿让你同我一起被痛苦折磨。我向上帝祈祷，希望你能在不受任何约束的情况下做决定，希望你能够得到最彻底的幸福，至于我，则无怨无悔。

我最爱的维克多，你与家人的欢乐，是我所希望的，并且不会引发我的嫉妒，我不会因此而伤心落泪。你造就了我的生命和灵魂，我爱你，渴望与你在一起，但不会因此而束缚你的手脚。

我要和你说晚安了，但在此之前，我会为你和你的家人祈祷，为了能够如愿，我甘愿以生命作为代价。我爱你，这份沉甸甸的爱超越世间万物。

今晚，就请你自由自在地享受与家人团聚的快乐。如果你能在快乐之余想到我，我会感到无比幸福。但最重要的仍旧是你的快乐，希望你不会觉得委屈。

我爱你，期限是至死方休。

朱丽叶

巴黎在装醉，而我们真的醉了

—— 雨果致朱丽叶

亲爱的朱丽叶：

你记得吗，我的爱人？1833年的忏悔节，嘉年华之日，是我们的第一夜。

那天，我原本打算去看戏，而你原本想要去跳舞，结果我们两人都没去。无论什么事情，哪怕是死亡，都不足以让我忘记这段经历。那晚的每一分钟，都深深地印刻在我的脑海中。我反复思量，它如同划过我灵魂深处的流星。你没有去跳舞，而是在家等候着我，宛如一位甜美的天使。你那间小小的房间，容纳下我们的欢愉。

透过窗，巴黎的笑声传了进来，巴黎人在街头欢呼雀跃，节日气氛是如此浓烈，而我与你偎依在静谧的屋内。

巴黎在装醉，而我们真的醉了。

你的雨果

1841 年 2 月 17 日夜晚

乔治·桑

1804.7.1-1876.6.8´

乔治·桑出生在巴黎的一个贵族家庭，小时候跟着祖母一起生活，祖母一心想把她培养成温婉的女人。但长大后的乔治·桑抽雪茄、喝烈酒、骑快马，做了很多违背温婉女性形象的事。她生活得很肆意，和雨果、巴尔扎克、司汤达几个大作家交往密切，常常系着领带、穿着男性化的长裤出入巴黎的文学沙龙。

1833年，29岁的乔治·桑在一个文学沙龙上认识了缪塞，他们给彼此留下了深刻的印象。缪塞回去后便给她写了一封信，表达自己的爱意，两个人很自然地走到了一起。

乔治·桑和缪塞在一起久了，渐渐有了一些摩擦，为了弥补不完美的恋爱，他们打算一起去意大利度假，以增进彼此的感情。在度假时，缪塞常穿着迷你裙扮成女仆，做一些好笑的举动来哄乔治·桑开心，一时间，两人之间又充满了柔情蜜意。可是好景不长，他们到达威尼斯的时候，又开始频繁地吵架。缪塞终于忍受不了女强人一样的乔治·桑，对她说："我错了，我不爱你。"两个人的爱情就这样结束了。

和缪塞分手之后，乔治·桑遇到了正处在落魄时期的肖邦。

肖邦从波兰逃到巴黎，遇到了音乐家李斯特。他非常赏识肖邦，常常邀请他去家里做客。1836年，乔治·桑在李斯特家遇到了同为客人的肖邦。肖邦兴致盎然地弹了很多支曲子，忘记了周围还有听众，完全沉浸在自己的音乐世界中。当他尽兴地弹完一首曲子抬起头时，看到乔治·桑站在钢琴旁眼神炙热地望着他。

乔治·桑看到肖邦第一眼，便对他产生了兴趣，但肖邦对矮小的乔治·桑印象并不好，他甚至说："她是一个令人讨厌的女人，不知道她是否真的是女人，我对此非常怀疑。"乔治·桑似乎对男人了如指掌，她成功地让小她6岁的肖邦爱上了她。

相爱后，他们常常在奥特尔区约会。乔治·桑在奥特尔区的一幢公寓中租下一个房间，李斯特和他的未婚妻租下了另一间，他们4个人常常结伴而行，参加文化沙龙。乔治·桑与肖邦在一起时，他们的经济是独立的，也有各自独立的社交生活。

1838年11月，乔治·桑在医生的建议下，带着她患风湿病的孩子去了西班牙的马洛卡岛修养，而肖邦的肺结核也一直困扰着他，他便跟随乔治·桑一家去了西班牙。乔治·桑孩子的病情有所好转，而肖邦的肺结核却越来越严重。3个月后，乔治·桑带着孩子和肖邦一起离开了马洛卡岛。这段旅程虽短，但是对肖邦和乔治·桑来说都是一段难忘的时光。乔治·桑将这段经历记录在了她的小说《马洛卡岛上的冬天》中。

每到夏天，乔治·桑和肖邦都会去她儿时长大的地方——诺昂的别墅生活。在乔治·桑的家乡诺昂庄园里，她为肖邦准备了两个房间，一间作为他的起居室，一间作为他的创作室。她在创作室为他准备了钢琴、书桌，还有漂亮的地毯。在乔治·桑的这个庄园里，肖邦拥有别人无法享受的权利。他安心地享受着这里的一切，而安宁平静的生活给肖邦的创作提供了有利的环境，他进入了成熟的创作期，创作了《降A大调"英雄"波兰舞曲》《降E大调夜曲》等杰出的作品。沐浴在爱情中的肖邦，更喜欢用音乐表达自己的情感，他为乔治·桑创作了很多动人的曲子。

1846 年，乔治·桑和肖邦的爱情走到了尽头。他们分开 3 年后，也就是 1849 年，肖邦病入膏肓。乔治·桑担忧他的身体状况，托一个朋友去打听他的健康情况，但被肖邦的情人珍妮拒之门外。这年 10 月 17 日的凌晨，肖邦离开了这个世界。

临终前，他喃喃自语："桑说过，要我死在她的怀抱里的……"

乔治·桑听到这个消息时，泪流满面，她把肖邦过去给她的一绺环状鬈发放在一个纸袋里，在上面写道：可怜的肖邦死于 1849 年 10 月 17 日。

我被孤单折磨着，漫长没有尽头

—— 乔治致缪塞

亲爱的朋友：

相识那天，你一直想方设法邀我共舞，为此我心生感动。你留在我脸颊上的吻，让我久久难忘。如果这个吻能够成为你爱我的证据，那么我将由衷感到高兴。对于这份感情，我已经做好无私的准备，并毫不避讳地向你展现我对你的爱。如果你想与我见面，如果你想靠近我的灵魂，就请来到我的身边。当我们面对面时，我愿意与你坦诚相待，我可以向你证明我的诚恳与真挚。无论是爱情还是友情，我都可以一并献上。可以肯定地说，我是你的梦中情人，你与我相爱，也依旧拥有绝对的自由。

我被孤单折磨着，漫长没有尽头。恩请你速来见我，帮我抚平心灵的创伤。我心甘情愿地追随你。

桑

请在你的心间给我留一个秘密的小角落

——乔治致缪塞

我亲爱的孩子：

此刻写给你的3封信，并非是出于情人间最后的道别，而是出于朋友之间珍贵的友谊。此时此刻，我所感受着的甜蜜如此动人，我无法抽身。希望你我所共同拥有的回忆不会打扰你以后的愉悦，也希望即便日后我们不复相见，请你也不要忽略了我们曾经的快乐。

请在你的心间给我留一个秘密的小角落，当你感到难过时，可以从中获取慰藉。

桑

1834 年 5 月 12 日

威尼斯

阿尔弗雷德·德·缪塞

1810.12.11-1857.5.2

1833 年，在巴黎上流社会的文化沙龙上，缪塞被一位行为大胆、与众不同的女人吸引了，这个人就是乔治·桑。缪塞看到一身中性打扮的乔治·桑时，眼睛里闪烁着一种从没有过的光。乔治·桑是个情感丰富的女人，她对这个比自己小 6 岁的青年才俊充满了好感。两个人有着相同的爱好和追求，有很多可以聊天的话题，很快便坠入爱河。

那次见面后，缪塞便对乔治·桑念念不忘，他怀着一颗热烈的心给乔治·桑写信。而后，两个人开始书信往来。缪塞写给乔治·桑的信，一封比一封长，一封比一封炙热。在他们来往的信件中，有两封信件很有意思。

在其中的一封信中，缪塞给乔治·桑写了一首诗：

Quand je mets a vos pieds un éternel hommage.

Voulez-vous qu'un instant je change de visage ?

Vous avez capturé les sentiments d'un coeur.

Que pour vous adorer forma le créateur.

Je vous chéris, amour, et ma plume en délire.

Couche sur le papier ce que je n'ose dire.

Avec soin de mes vers lisez les premiers mots.

Vous saurez quel rem è de apporter à mes maux.

这首诗的意思是：我仰慕在您的脚下，我如此爱您，甚至连我的笔也欣喜若狂。诗歌的最后两句的意思是：请您仔细读每行诗的第一个单词，您就能明白带什么解药来医治我的苦痛。

看似在表达爱慕之心的背后，还充满挑逗。这首诗每行的第一个单词组在一起是 Quand voulez-vous que je couche avec vous? 这句话的意思是：您想什么时候和我睡觉？乔治·桑对此心领神会，用同样的方式给缪塞回了信，但她的回信很简单，只有两行诗：

Cette insigne faveur que votre coeur ré clame.

Nuit à ma renomm é e et r é pugne à mon âme.

这两句诗的意思是：您对我表达的深深爱慕，损害了我的名誉令我厌恶。从表面看乔治·桑很气恼厌恶，但是把这两行诗的第一个单词组在一起是 Cette Nuit，翻译过来是：今晚。

乔治·桑是个勤奋的作家，她常常半夜起来写作。缪塞和乔治·桑在一起后，被她的工作态度影响，也渐渐勤奋了起来。对于自己的改变和乔治·桑的努力，他曾笑嘻嘻地打趣道："我工作了整整一天，晚上，我写了10行诗，喝了一瓶酒，而她喝了一升牛奶，却写了半卷书。"他们沉浸在这种喜悦之中，但是不久后，这种喜悦就变成了痛苦，两人之间渐渐产生了一些矛盾。

为了让这段关系恢复最初的甜蜜，他们前往意大利旅行，希望在旅行中找回曾经的感觉。但在旅行时，乔治·桑有一部长篇小说要完稿，为了赶进度，她要求自己在夜里写作 8 个小时。如果当天的任务没完成，她就坚决不出门。

缪塞对在旅途中还沉浸在写作中的乔治·桑表示抗议，但乔治·桑不但没有放下写作，还让他也一起写。缪塞觉得自己受到了冷落，就跑去威尼斯的低级酒馆和妓院寻欢作乐，甚至乔治·桑生病时，他也没有表示关心和担忧。乔治·桑感到很失望，她心灰意冷，打算提前结束这次旅行。

在乔治·桑准备返回巴黎的时候，缪塞生病了。乔治·桑犹豫着，不知该铁下心回巴黎还是留下来照顾缪塞。一番思量后，她的心软了下来。在照顾缪塞的这段时间，乔治·桑和缪塞的主治医生关系暧昧，缪塞难以接受，气恼地先行离开了。

1836年，缪塞以他和乔治·桑的爱情为原型，创作了自传体长篇小说《世纪儿的忏悔》。与缪塞已经分手多年的乔治·桑，读完后掩面痛哭。

让我依偎在你的怀中，静默相对

——缪塞致乔治·桑

小乔治：

和你说再见之后，我从母亲那里要了前往比利牛斯山的费用，4 天之后我便启程。没有人知道我的目的，但我可以毫不保留地告诉你。

我想念你，我想见到你，说出这些真心话并不会叫我感到不好意思。我们将再次面临分别，山高海阔，距离遥远，不能相望。

我一度认为你的人生充满喜乐，从你的字里行间也能够感受得到。值得高兴的是，你将我视为挚友，并以一颗温存的心包容着我，但我的人生仍感到痛苦。我会用文字记录我的经历，从而让更多人去了解。或许，写出来对其他人毫无意义，但那些与我有着类似经历的人，会从中得到启发和指引。

……

我们曾在威尼斯共度一整日，但今天我就要独自上路，没有人同行，只能与孤独相伴。

我恳请你再多陪我一会儿吧，恳请你赏赐我最后一个吻。倘若你担心分离时的不舍，就直接拒绝吧。这样的决定纵然使我痛苦，但我能理解，绝不会有半点抱怨。倘若你能够鼓足勇气与我见最后一面，就请答应我的请求吧。

……

让我依偎在你的怀中，静默相对。我们不是以男人和女人的身份道别，而是灵魂之间的依依惜别。我们宛如翱翔于蓝天的两只雄鹰，偶然间相遇，以叫声传达彼此的哀怨，随后便就此分别。希望此次分别的拥抱和亲吻，纯洁无瑕，能够免去人世间的不如意。

我的宝贝，再见了！这次关于我的回忆，将成为最终，也将成为永恒，直到你白发苍苍。

你的宝贝阿尔弗

再见了，我亲爱的小乔治

——缪塞致乔治·桑

小乔治：

感谢你没有拒绝我的请求。但关于我离开的决定，已无法改变，就请你不要再提。

昨夜，我躺在床上做了决定，今晨，太阳的光芒落在我的身上，我确信自己的决定没有任何改变。我曾是孩童，但从这一刻起，我已然成为顶天立地的男人。我对一切心存信赖，我无所畏惧，也无所奢求，或许这就是所谓的绝望。然而，这并不意味着绝望就能让我的决定发生改变，而是我对它有所觉察，并且操控着它，所以请你放心，我不会任意妄为。

……

你是我此生的挚爱，我在你面前唯有坦诚地告诉你，这5个月以来，每一个时刻我都在和我的爱情喃喃自语，独处或是走在人群中，脑海中都进行着这一番对话。如果你愿意与我见面，就请写信告诉我。我会在周三离开，最晚是周四。

再见了，我亲爱的小乔治。

你的宝贝阿尔弗

1834 年 8 月 18 日

于巴黎

我甘愿为你的幸福付出一切

——缪塞致乔治·桑

小乔治：

亲爱的，这封信是我最后的道别了。我确信自己离开的决心，纵然满是不舍与痛苦，但没有感到半点绝望。悲伤、痛苦都留在过去了，取而代之的是不张扬、不浓烈的忧愁。

......

我们的友情是纯洁的，在上帝的见证下，我们用泪水洗涤了友情，它会同天地永存。我无所畏惧，也无所期望。我所承受的全部痛苦即将就此了结，至于新的幸福，我并无福消受。我即将离开养育我的故土，离开我的亲朋好友，我将一个人踏上旅途。痛苦仍折磨着我，但此时此刻的我，已经不会再像从前那般怨天尤人。

关于你和我，就由你来做主吧。我的生命属于你，关于我的生命，你有何感想呢？请告诉我吧。如果你告诉我，让我去一个千里之外的角落等待死神的到来，那么我也会言听计从的。请你倾听自己的心声，请你珍视我们的友谊，如果有机会，请你握住我的手，给我些力量。虽然我不希望你流泪，但如果是为我而流，那么我会倍感幸福。以上这些，就是我关于幸福的全部希冀。

或许，你不在乎我们的友谊，甚至可以抛之于脑后。或许，我的来信对你来说是一种叨扰，破坏了你宁静的生活。那么，请你下定决心，同我说明一切，然后彻底忘了我。

我甘愿为你的幸福付出一切，把最真挚的祝福送给你。时移物换，岁月匆匆，很快便走到了生命的尽头。祝福你，祈盼幸福围绕着你，即便一时无法拥有，也希望你不要放弃，幸福终将会属于你。你对我说，从未拥有过幸福。对此，我不知该如何答复。

……

我会为你献上赞歌。

阿尔弗

1834 年 8 月 23 日

于巴黎

死亡是可怕的，更可怕的则是失去你的爱

—— 缪塞致乔治·桑

小乔治：

我已经离开 8 天了，之所以还没有写信给你，是因为我在等我自己平静下来。然而不知为何，却始终难以平静。我渴望在一个宁静的清晨，安安稳稳地写信给你，感谢你对我的告别。这一次，是如此哀伤，又是如此甜蜜。我亲爱的女郎，恳请你耐心倾听我的话语，我要向你诉说衷肠。

小乔治，我对你的一片真心，日月可鉴。我确信，这世上再也找不到比我更爱你的男人了。我为你而沉沦，深陷其中，不能自已。我无法感知自己的生命，甚至连呼吸都不在我的感受范围内。你是我的生命，是我的宝贝，叫我如何不想你！如果你一生渴求幸福，那么我要告诉你，幸福的本质与爱有关，周遭的一切，包括太阳、鲜花以及绿草，都与爱息息相关。你要知道，你已经拥有爱，这就足矣。我的心肝宝贝，我爱你，这份爱不亚于教士对上帝的爱。为了爱，我甘愿以生命换取，任何人都无法阻止我爱你。

……

亲爱的乔治，什么都不要再说了，尤其是不要再试图说服我。我正坐在桌前，深情注视着你的肖像，环顾四周，全是你写给我的信。你曾对我说，终有一日会再次相见，你还会给我拥抱和亲吻。你为我遭受的痛苦而感到心疼，你为我而流泪，你让我感受到了甜蜜。与你有关的一切，都如此令我沉醉。

我的宝贝，此刻我抬起头望向大门，幻想着下一刻你推开门走进来。然而事实是，我们相隔几百公里，我的一切都已准备就绪。不再有多余的话，只须你记得，失去你我无法活下去。

亲爱的宝贝，恳请你一件事，请你选一个月光皎洁的夜晚，一个人静静地来到一片空地上，望向西边，尽情地想念我，想念这个即将离开人世的人。如果你给我写信的话，请不要吝啬提及对我的爱。死亡是可怕的，更可怕的则是失去你的爱。

　　我的心肝，我要将你拥入我的胸怀，你是我从始至终的爱。

你的宝贝阿尔弗

1834 年 9 月 1 日

于巴登

居斯塔夫·福楼拜

1821.12.12-1880.5.8

福楼拜出生在一个医生家庭，他生性腼腆，小时候的乐趣是和妹妹一起趴到窗户上看停在医院的尸体。

福楼拜的父亲是一家医院的院长，他把所有的关爱都给了福楼拜的哥哥，希望大儿子能继承衣钵。而对于福楼拜，父亲强迫他去学法律。但福楼拜对法律毫无兴趣，在巴黎大学法学院学习时，他大部分的时间都用来阅读文学作品。

1835 年，14 岁的福楼拜去特鲁维尔海滨度假时，遇到了他的初恋，也是他一生挚爱。对方是一个比他大 11 岁的少妇，这个少妇是《音乐报》的创刊人施莱辛格的妻子艾丽莎。第一次看到艾丽莎的时候，福楼拜羞怯地僵立在了原地，不知道该如何过去和她打招呼，也无法控制自己蠢蠢欲动的心，陷入了少年的意乱情迷之中。

和福楼拜羞怯又无法抑制的情感不同，艾丽莎大方地邀请他同他们夫妇一起乘船游玩。她用低沉温柔的声音和他讲话，但在情感上，艾丽莎只是把福楼拜当成一个孩子看待。福楼拜一直想方设法请求艾丽莎和他单独约会，但是都被艾丽莎拒绝了。

在此后的 35 年间，福楼拜也曾向艾丽莎表白心意，但都被艾丽莎拒绝了。在他们相识 35 年后，艾丽莎的丈夫施莱辛格去世了，福楼拜这才有机会给艾丽莎写信，他在开头写下：我过去的和将来永远的爱人。

1846 年 7 月，福楼拜在巴黎邂逅了女诗人路易丝·高莱。路易丝·高莱是一位教授的妻子，她比福楼拜大 10 岁，他们认识一星期后便开始热烈地交往。福楼拜一生写得最多的信便是给高莱的情书。高莱的丈夫去世后，她正式向福楼拜提出结婚的请求时，却遭到了福楼拜的拒绝，福楼拜回复说："假使我每天看到你，恐怕我爱你的热情就会降低了。"

福楼拜一生没有结婚。他的父亲去世后，他住在塞纳河畔的克鲁瓦塞别墅里，和母亲相依为命，终身在这座别墅里潜心写作。

我情愿你不爱我，情愿你从未与我相识

——福楼拜致路易斯·高莱

亲爱的路易斯：

我情愿你不爱我，情愿你从未与我相识，这是我对你的幸福的一种关怀。自从有了人类社会，难道人们没有为了追求生存，而创造符合期望的世界吗？鸦片、香烟以及酒，都是人类追寻快乐的工具。医生对此持否定的态度，因为他们认为喝酒、抽烟会夺去人们的生命。然而，谁得到它们，谁便是幸运的。

我承认，我时常以自我为中心，但你认为我爱自己胜过爱别人这一点，我并不认同。因为有些时候，我对自己的爱并不多于其他人。每个人的行为处事都有自己的标准，我在漫长的寂寞中慢慢衰老，我的精神逐渐萎靡，我的热情不再昂扬，这本身就是一种痛苦。再加上对内外所有的疑虑，让我变得更加不可爱。

我爱你不够绝对，这一点我自己很清楚，但要向谁去追究这个错误呢？是造化弄人，还是命运无常？如果试着站在高处打量我们的生活，或许你看到的是湛蓝色的天空，如果是灰蒙蒙的一片，则是雾天，所有一切都被笼罩在朦胧之中。

我的感冒已经有所好转，我将去巴黎小住几日。希望你在想到我的时候，心中所升腾起的不全是坏的情绪。希望你收到我的照片后，能够记起一些美好的回忆。

无论怎样，一个人都应该努力让自己变得快乐。

福楼拜

1851 年星期四晚 1 点钟

于克洛依色

让－保罗·萨特

1905.6.21-1980.4.15

　　萨特出生在书香门第，两岁时父亲去世，之后，母亲便把他带回了外祖父家。外祖父是语言学教授，萨特从小便跟着外祖父学习，这为他的哲学研究打下了坚实的基础。1924年，19岁的萨特在巴黎高等师范学校攻读哲学，此时的萨特还不知道，未来和他相伴一生的女人也在这所学校里就读。尽管他们只是咫尺的距离，但在上学期间从没认识过彼此。这个陪伴了萨特一生的女人是法国著名女作家波伏娃。

　　萨特和波伏娃的名字第一次被联系在一起，是在1929年法国教师资格考试中。萨特考了第一名，波伏娃紧挨着排在他后面。而后，在同学的介绍下，萨特正式认识了波伏娃，两人一见如故，很快便单独约会了。波伏娃只要有机会溜出家门，一定会去见萨特。萨特曾在书中写过他们第一次见面时对她的印象："她很美，我一直认为她美貌迷人，波伏娃身上不可思议的是，她既有男人的智力，又有女人的敏感。"

　　1929年的一个午后，萨特和波伏娃看了一场电影。回去的路上，萨特对波伏娃说："我们签个为期两年的婚姻协议吧。"就这样，萨特与波伏娃默契地拒绝了传统形式的婚姻，制定了契约式的婚姻关系。萨特为此解释说，两个人不必结婚，也可以是亲密的生活伴侣，在真诚相爱的同时，可以各自保持着爱情的独立自由。萨特和波伏娃相识的50多年中，一直遵守着这种生活方式，他们满足对方的需求，也会交流性事感受，甚至愉快地分享性伴侣。萨特在童年时患过一场疾病，他的右眼几近失明并留下斜视的后遗症。因为眼疾，萨特在阅读的时候会把书本尽量靠近鼻尖，和人交谈时，他常常用左眼直直地注视着对方，而右眼看向其他的地方。萨特身材矮小，波伏娃高挑美艳，他们在同一个场合出现时，萨特仰头看着波伏娃的样子，好像一位刚发育成熟的初中生仰望他的女老师。

波伏娃用自己的方式影响着萨特。在萨特的心中，波伏娃是任何人都无法取代的。萨特的成名作存在主义小说《恶心》和哲学巨著《存在与虚无》都是送给波伏娃的礼物，而波伏娃在晚年回忆时说："萨特完全符合我 15 岁时渴望的梦中伴侣的样子。因为他的存在，我的爱好变得愈加强烈，和他在一起，我们能分享一切。"

萨特和波伏娃一直租住在巴黎的一家旅馆里，但他们并不同住，一个住楼上，一个住楼下。虽然相隔比较近，但是他们很少长时间耳鬓厮磨，尽可能地为彼此提供自由。后来，萨特和波伏娃各自买了房子，他们的房子也是相隔不远。两个人一辈子都是这样不远不近地互相守护着，有人说萨特和波伏娃对彼此的意义远远超过了爱情。

1971 年，萨特第一次中风，两年后他的旧病复发，身体状况越来越令人担忧。病情发作时，他常常神经错乱，认不清身边的人。波伏娃担心萨特的身体状况，她减少自己的写作时间，照顾萨特的生活。

1980 年 4 月 15 日晚，萨特停止了呼吸。他在弥留之际，攥着波伏娃的手，用最后的力气，断断续续地对波伏娃说："我非常爱你，我亲爱的海狸[7]。"

---

7. 波伏娃年轻时的绰号。

即便当我的注意力受其他事物牵绊时，我仍爱着你

——萨特致波伏娃

亲爱的宝贝：

今夜，我爱你，用一种你尚且无法体会的方式。我对你的爱，不会因旅行而有丝毫减弱，也不会因迫切地想要见到你而有所削减。我操控着对你的爱，融入我的血液中，成为我生命中挥之不去的一部分。

希望你能够理解我的苦心，即便当我的注意力受其他事物牵绊时，我仍爱着你。我爱你，无所顾忌。今夜，我爱你，窗户半开着，微风吹进来，万事万物皆是你，我爱万事万物。

今夜，我就此搁笔。给予你无限温柔的拥抱。

你的萨特

在这世间，你是我最渴望拥有的人

—— 萨特致波伏娃

亲爱的宝贝：

你我彼此相爱，勒内·马厄[8]则是个彻头彻尾的傻瓜。他向你提起的一切你都不必理会。如果他又和你说那些无用的，你可以先抛出三个问题：第一个，如何理解性爱？第二个，如何理解简单的性爱？第三，如何理解单纯的性爱等同于真爱？三个如此简单的问题，他也一定无法回答。不过，我倒是能够体会他的心情，毕竟他同伊内斯在一起，只是抱着繁衍后代的打算，除此之外，实在找不到其他感受。

说认真的，我迫切地想要见到你，我亲爱的宝贝，因为我热切地爱着你。5月2日，就是下周一，我们可以见面吗？这一次你不会没空了吧，下午1点45分在马克西姆酒吧见面如何？预计在周四你会收到我的信，一定要给我回复，即便是简短的一句话，也足以慰藉我的心。

你常说对我的爱，如同玛丽埃塔那般热烈，但我并不感到欢喜。玛丽埃塔行为轻佻，对法布里斯的爱犹犹豫豫。我更愿意你对我的爱，如同桑塞佛理纳公爵夫人对法布里斯的爱，我认为她的爱更值得尊敬。我无法用言语说清对你的爱，但我清楚地意识到，我渴望将你紧紧地拥入怀中。亲爱的宝贝，在这世间，你是我最渴望拥有的人。期待与你相会。

你的萨特

8.勒内·马厄，出生于1905年，法国的哲学教师。勒内·马厄是波伏娃的朋友，波伏娃的绰号"海狸"是勒内·马厄所起。

西蒙娜·德·波伏娃

1908.1.9-1986.4.14

花神咖啡馆是巴黎的文人、学者、画家最喜欢光顾的地方,波伏娃是这间咖啡馆的常客。差不多每天的同一时间,波伏娃都会走进店里,坐在靠窗的位置。花神咖啡馆的服务生知道波伏娃的喜好,每次都会给她送来一杯拿铁。波伏娃有时读书,有时在桌前奋笔疾书,疲累的时候她便抬起头来看向窗外。在波伏娃的座位旁一直空着一张椅子,这个位置是她特意留给萨特的。

萨特也是这间咖啡馆的常客。1929 年,波伏娃和萨特相识后,他们常在这间咖啡馆约会。他们在一起喝咖啡、聊文学、探讨哲学问题、规划他们未来的人生。在波伏娃刚刚毕业时的迷茫期,萨特告诉她,应该坚持自己个人的自由,保持好奇、坦率与真诚,他鼓励波伏娃多阅读并且尝试写作。

1931 年,波伏娃在马赛的一所公立女子中学任教。她一边教书,一边写小说。萨特服完兵役后在勒阿弗尔当了老师。在这个闭塞的城市,萨特没有朋友。他孤独寂寞时,就投入到阅读和写作中。波伏娃和萨特不能每天见面,波伏娃常常盯着邮箱和日历,她期待萨特的来信和学校放假的日子。学校放假对波伏娃来说是最幸福的日子,她趁着假期跳上去勒阿弗尔的火车。20 个小时的漫长路程,她从不觉得辛苦,她的心里只有在终点站等着她的萨特。

在波伏娃和萨特的契约爱情里,他们给彼此爱,也给彼此自由。

1947 年,波伏娃在美国芝加哥进行巡回讲学的时候,美国作家尼尔森·艾格林走进了波伏娃的视线，这个英俊挺拔的男人成为波伏娃生命中另一个重要的爱人。艾格林性格叛逆，他带着波伏娃去名声恶劣的酒吧喝酒、去看押运罪犯的囚车。波伏娃和萨特在一起时从没做过这种事，艾格林让她触摸到了一个与自己距离很远却又真实存在的世界。他们相爱了，她亲昵地称呼艾格林为"亲爱的鳄鱼""我的爱人"。

波伏娃和艾格林相隔遥远，他们靠书信往来了3年。1950年10月，波伏娃返回美国和艾格林短暂地厮守了几个星期。分别时，艾格林告诉波伏娃他准备与前妻复婚，波伏娃的心情一下子落到了谷底。艾格林送波伏娃离开的路上，他们始终不发一言，最终，波伏娃打破了沉默，她对艾格林说，希望能够与他保持普通朋友的关系。但是艾格林坚定地告诉波伏娃，不管发生了什么事情，他对她的爱永远不变。波伏娃在返程的路上，难以掩饰内心的忧伤，止不住落下眼泪。波伏娃和艾格林以情人的身份交往了17年，在这17年中，她给艾格林写了304封情书。

波伏娃去世后，她的遗体和萨特的一起被葬在了巴黎塞纳河左岸的蒙帕纳斯公墓，手上戴着的是艾格林送她的戒指。

唯有当你愿意和我相见时，我们的见面才有价值

——波伏娃致艾格林

我可爱的本地青年：

我迫切地希望能够与你见面，但希望你能明白，我不会主动约你见面。这并非出于骄傲，事实上我在你面前，卑微到无可救药。这样说，只是觉得唯有当你愿意和我相见时，我们的见面才有价值。所以，我一直在等你的邀请。只要你愿意见面，那么就让我知道，我不会因此认为你此行的目的是为了与我上床，只有当你出于本心地想要与我在一起时，我们再相约，除此之外，没有非在一起的必要。请你记得，我希望永远是你主动提出想要与我见面。

我失去了与你相爱的机会，不可改变，这让我感到痛苦。但值得欣慰的是，我还拥有你。可以肯定的是，你满足了我对爱情的某些渴望，我将你给予我的一切视作珍宝，而这一切将永远属于我，你无法收回。你对我的温情，你与我的友谊，都让我终生难忘。每每想到你，我都感到无比幸福，我希望这份幸福能够与天地共存。

你的西蒙娜

看到你专为我写的句子，一时间浓情蜜意涌上心头

——波伏娃致艾格林

我可爱的本地青年：

由于你的缘故，我又一次落泪，但泪水里是甜蜜的味道，但凡与你有关的一切都无比甜蜜。我登上飞机后，迫不及待地翻开你的书，期盼着能够看到你的笔迹，然而第一页一无所有，遗憾感正在蔓延时，却看到了你专为我写的句子，一时间浓情蜜意涌上心头。我靠在窗前，在一片蔚蓝的大海之上，泪水止不住掉落下来。但是，因为这泪水是关乎爱，关乎我对你的爱，你对我的爱，以及我们的爱。

我在麦迪逊大街和拉·伽迪亚机场，见到了不少熟悉的面孔。我喜欢坐飞机，当飞机掠过云朵时，无论何种情绪都将得以安抚。此时，我想起你，回忆着有关我们的事。这一本书与之前我读过的那一本做比较的话，我更喜欢这一本。

飞机上提供午餐，包括奶油鸡块和巧克力冰激凌。透过窗向外望，有蓝天和白云，有森林和海岸线……我猜你也会喜欢这些风景。此时此刻，你在哪里呢？或许同我一样，也在飞机上。当你到达属于我们的小窝时，我已经提前到达，并会躲藏起来，你看不到我。

从此，我要同你在一起，就如同一位妻子和她深爱着的丈夫在一起。这绝非只存在于梦境之中，我们无须担忧会醒来。这是真实存在着的现实，而且我们的幸福只是刚刚开始。我坚信，我在哪里，你就会出现在哪里，不仅仅是你的眼神追随着我，而是你的全部。我想要表达的，只是我爱你，除此之外，再无其他。你拥我入怀，我环着你的腰，我亲吻着你的脸颊。

你的西蒙娜

如今，对你的爱已经覆水难收

——波伏娃致艾格林

亲爱的芝加哥男人：

我身在巴黎，却无时无刻不在想你。旅途一帆风顺，感觉好极了。我乘坐的飞机一直往东飞行，几乎全是白天。在纽芬兰，我刚刚目睹了缓缓落山的太阳，直到 5 小时后，飞机掠过香农岛，太阳又在爱尔兰的上空徐徐升起。我有诸多感想，令我难以入睡。

上午 10 点，我抵达巴黎市中心。原本以为巴黎的繁华足以让我忘记哀伤，然而这个想法却落了空。今天的巴黎没有了往日的魅力，乌云密布，阴郁沉沉，而且街上行人很少，显得更加冷清。或许，我的一颗心仍留在纽约，它就在你我分别的那个地方。它就在我们温馨的小窝，在你我相拥亲吻的地方。也许，3 天以后我会好一些，因为我必须投入精力去关注法国文化、政治以及我的事业和伙伴。可是今天，我无法打起精神。我身心俱疲，我放任自己一遍又一遍回忆着过去。

亲爱的，为何我迟迟没有对你说我爱你呢，我只是想在最后确定及肯定以后再告诉你，以保证我所说的爱你不是随便说的。如今，对你的爱已经覆水难收。这确定是爱，我在想你、念你。我感到痛苦，却又为这份痛苦而感到幸福，我相信你也正在承受着分别的痛苦，能够感受相同的痛苦，本身就是一种幸福。我与你在一起时，满满的快乐和甜蜜，这都是基于爱情，如今的痛苦也是基于爱情。我们共同体验爱情的喜与忧，当我们再次见面时，我们将共同体验这份重逢的快乐。

请等我，请时常给我写信。我是你永远的妻子。

你的西蒙娜

弗朗索瓦兹·萨冈

1935.6.21-2004.9.24

1953年6月，18岁的萨冈对身边的女伴说："今年夏天，我要写一本书，要赚很多钱，我要买一辆捷豹。"年轻的萨冈怀揣着这样的念头开始了写作。一年后，她创作出第一本小说《你好，忧愁》，并且凭借这部小说获得了可观的稿酬。萨冈如愿以偿，用稿费为自己买了一辆美洲豹XK140高级跑车，她在公路上把跑车开到了时速180公里。

萨冈喜欢抽烟、酗酒，热爱飙车，靠着稿费过着纸醉金迷的生活。1957年4月14日，萨冈开着自己的阿斯顿·马丁，飙到时速160公里的时候，跑车翻到了麦田里，现场惨不忍睹。萨冈被紧急送到医院时，已没有了脉搏，当一位教会人员匆忙赶到医院准备为她进行临终仪式时，萨特又奇迹般地恢复了心跳。萨冈在这场事故中断了11根肋骨，她不得不听从医生的安排，在床上休养了6个月。

这次车祸，让萨冈遇到了英俊富足的吉·舒勒，他经营着一家出版社，事业有成且风度翩翩。在萨冈住院时，舒勒来到医院向萨冈求婚："为了你以后不再做蠢事，还是嫁给我吧。"躺在病床上无法动弹的萨冈接受了他的求婚。然而婚姻给他们带来的烦恼多过甜蜜，萨冈觉得婚姻生活甚是无聊，还是时常和朋友聚会，或去酒吧寻找乐趣，舒勒觉得萨冈的行为很幼稚、任性，于是两人常常吵架。但有一天早上醒来后，萨冈和舒勒面对彼此突然没有了争吵的念头，他们知道不愿争吵是因为没有了爱。

　　萨冈的第二次婚姻也不长久，她和第二任丈夫结婚不到一年便离婚了。萨冈说，比起婚姻生活，她更向往自由自在的单身生活。离婚之后，萨冈和第二任丈夫的关系从夫妻变成了情人，两个人继续在一起生活了6年，并且生下了儿子德尼。

　　1978年，萨冈已经43岁，步入中年的萨冈仍然渴望着一场奋不顾身的爱情。这次，她把自己的热情给了青年时代的偶像萨特。他们相识的这年，萨特73岁，眼睛已经失明。

　　萨冈毫不掩饰自己对萨特的仰慕之情，即便萨特的身边有灵魂伴侣波伏娃。萨冈找到两家报社，希望他们将自己写给萨特的情书公开发表，题目非常直接：给让－保罗·萨特的情书。萨特听说后为之心动，便约萨冈当面为他朗读。萨冈知道萨特双目失明，但为了这次见面她依然认真打扮自己。她穿上了端庄的裙子，化了淡妆，而萨特也打扮得干净体面。萨冈整整花了3个小时，反复朗读并录制那封情书，她还在磁带上贴了胶带做记号，以便萨特摸索着能够找到它。

　　萨特总是亲昵地称呼萨冈为"我的顽皮莉莉"。对于他们的关系，萨特后来回忆时写道："我们聊着天，就像是两个在站台上相遇的旅人，不知道今生是否还会遇见。"

　　两年后，萨特去世的时候，萨冈深情地写了一篇文章纪念萨特。她说："我不愿意在这个没有萨特的地球上再活30年。"

我再难仰慕他人

—— 萨冈致萨特

亲爱的先生：

之所以如此称呼您，是考虑到在字典中，"亲爱的先生"所指的是任何一位男士。无论是"亲爱的让－保罗·萨特"，还是"亲爱的大师"，都不符合我想表达的心情。30 年前，我就渴望给您写信，拜读过您的作品后，我再难仰慕他人。或许这在旁人看来略显可笑，但我对此早已不在意了。

原本，我计划在 6 月 21 日将这封信送到您的手中，因为这一天是法国的好日子。光阴流转，一番思来想去，最后还是放弃了这个想法。但是，这封信依旧要写给您，向您倾诉我的心声。

从 1950 年起，我就热衷于读书，涉猎广泛，百无禁忌。这些年来，唯有上帝了解我对"作家"这个物种的情结。我认识了一些作家朋友，也关注了很多作家的写作经历。如今，我仍钦佩许多作家，但能够让我仰慕至今的人，只有您。那时候，15 岁的我，即便对未来茫然无知，但坚持自我，不愿有丝毫妥协。您的《词语》可谓法国文学史上最为精彩的一部作品。您怜悯弱者，无怨无悔地给予他们帮助。您对所有人怀揣着信任，虽偶尔犯错，但不同于大部分人，您勇于认错并加以改正。

您拒绝了诺贝尔奖，这个无数人心之所向的荣誉，与此同时，也拒绝了丰厚的物质奖励。在阿尔及利亚战争期间，您所居住的地方曾遭到 3 次轰炸，您被迫露宿街头，即便在如此窘境，您仍淡定自若。在拒绝名与利的同时，您依旧努力爱着，努力奉献着。

在成为作家之前，您首先是作为一个拥有独立人格的人存在，您不认为自身所拥有的才华可以抵消自己的缺点，也不认为拥有写作才华的人可以轻易忽视其他人，包括亲人、朋友，甚至陌生人。您的伟大之处，就在于您没有自我陶醉地迷失在才华之中，而恰恰是那些不懂得写作的人，享受着您所奉献的一切。

您从不妄加评论公正，却是最公正之人；您从不追求名利，却是最慷慨之人；您从不谈论亲和，却是最宽厚之人。对于生活，您不刻意追求奢华或者勤俭，唯一纵情于写作之中，对文字情有独钟。您如此与众不同，却从不炫耀自己的才华。

听闻，您犯了眼疾，几近失明，暂且将写作搁置了下来，我想这一定使您感到痛苦。因此，我希望能够将这 20 余年来，我在日本、美国等地，所听到的有关您的赞美之词，一并传达给您，若是能够令您开怀一笑，我将感到莫大的荣幸。

萨冈

德国篇
GERMANY

歌德 / 席勒 / 贝多芬 / 海涅 / 罗伯特·舒曼 / 马克思

Johann Wolfgang von Goethe

Johann Christoph Friedrich von Schiller

Ludwig van Beethoven

Heinrich Heine

Robert Schumann

Karl Heinrich Marx

约翰·沃尔夫冈·冯·歌德

1749.8.28 - 1832.3.22

1765 年 9 月，16 岁的歌德进入莱比锡大学学习法律，并在此邂逅了大他 3 岁的凯卿·荀科普。很快，两人开始了轰轰烈烈的恋爱，这段初恋令歌德迸发出的灵感，凝结成了他的首部诗集《安内特》。可惜好景不长，1768 年 8 月 28 日，歌德因病不得不告别初恋，离开莱比锡返回家中休养。

1770 年，尚未在莱比锡完成学业的歌德辗转来到斯特拉斯堡大学，继续攻读法律。在新的环境中，歌德找到了新的爱情，他遇到了牧师的女儿弗里德里凯·布里翁。但随着学业的结束，这段感情也无疾而终。

1772 年，歌德在法兰克福成立了一家律师事务所。这年的 5 月，他来到韦茨拉尔，在当地的高等法院实习。有一天，歌德受邀去一位军官家中参加舞会，认识了舞会的女主人夏洛特。夏洛特在接待宾客时温柔和蔼、落落大方，歌德对这位美丽的姑娘一见倾心。但歌德心心念念的夏洛特已经是别人的未婚妻，这让歌德感到痛苦，他甚至不堪折磨，曾有过自杀的念头。所幸，最终他从失落的情绪中走了出来。

几个月后，歌德回到法兰克福。两个不幸的消息接连传来，一是他在莱比锡大学的一位同学，因不堪忍受失恋的痛苦开枪结束了自己的生命；二是他挚爱的夏洛特完婚。1774 年，歌德奋笔疾书，仅用了 4 个星期的时间，完成了书信体小说《少年维特之烦恼》。

1775 年，26 岁的歌德在爱情上有了新的归属。在法兰克福，一位已故银行家的女儿丽莉·薛涅曼俘获了他的心，他将对她的爱融入进了作品中，创作了《莉莉之歌》和《莉莉的公园》。他和丽莉订了婚，准备就此安顿余生。然而，订婚后不久，两个人因为生活习惯不同而解除了婚约，又各自恢复了单身。

1775 年 11 月，魏玛大公卡尔·奥古斯向歌德发出邀请，希望他能够从政，歌德欣然应允，由此迈向仕途。在魏玛，歌德新的爱情故事开始了。他爱上了一位同在魏玛宫廷任职的有夫之妇夏洛特·冯·施泰因。与他以往的爱情不同，夏洛特让歌德变得沉稳而平静，这种影响甚至延伸到了他的文学创作中，他的文风变得平和澄澈。他说夏洛特对他的影响堪比"莎士比亚诗歌"。在他们相恋的 10 年时间里，歌德给她写了 1800 多封信，但即便如此，两个人后来也渐行渐远，他最终还是离开了她。

1788 年，歌德 39 岁，他喜欢上了制花女工克里斯蒂安娜·乌尔皮乌斯。克里斯蒂安娜出身卑微，而歌德身处魏玛的上流社会，两人的爱情一直受到贵族的非议，他们在相伴 18 年后才正式结为夫妻。据说，在德法战争中，法军攻入魏玛，士兵闯入歌德家中并险些将他打倒在地，此时乌尔皮乌斯站出来高喊："你们不能打他！他是德国最伟大的诗人！"歌德被乌尔皮乌斯保护他的行为感动，他下定决心娶她为妻。歌德一生跟无数女人恋爱，却只有这一段婚姻。两人结婚后又相伴了 10 年，直到 1816 年 6 月 6 日，乌尔皮乌斯去世。

其实，在妻子去世之前，歌德还有另一段秘密恋情。那是 1814 年的夏天，65 岁的歌德在法兰克福的老朋友，银行家维勒玛家中，见到了维勒玛的女朋友、30 岁的舞蹈演员玛丽安娜·冯·维蕾玛，相差 30 多岁的两个人相聊甚欢，不由生出些情愫来。9 天之后，玛丽安娜嫁给了维勒玛，不过，这并没有影响她与歌德的恋情，两个人常以情诗互诉衷肠。歌德甚至追随玛丽安娜到海德堡与她幽会。他深情地为她朗诵诗歌，拣最美的银杏叶作为礼物送给她。

歌德与玛丽安娜的恋情堪称隐秘，直到他们去世后，人们才发现这段秘密爱情。一百年后，海德堡市政府为了纪念他们的爱情，在海德堡城堡花园的旁边，摆放了一张石椅，石椅的靠背上，雕刻着爱情的象征——戴胜鸟的图案。

座椅上方刻着歌德的诗句：

于是，哈特曼感觉到了春的气息和夏的激情。

座椅下方刻着玛丽安娜的诗句：

高墙开花之处，我找到了最爱的他。

我的罅隙需要你来填补

——歌德致施泰因夫人

亲爱的夏洛特：

对我而言，你的一言一行都会对我产生不同寻常的影响。对此，我却一无所知，说不出个所以然。我自认为是个好人，但也非常凄惨。昨天只字未写，脑袋里空空的，着实不知道该写些什么，思考再三，干脆给你写一封信吧。

你之于我，我之于你，到底是一种怎么样的存在？其实，我心知肚明，无须再猜疑。当你近在身旁时，我控制着自己不要去爱你；当你远在天边时，我却又控制不住要爱你。亲爱的夏洛特，无论多久，我都会伴你左右。缺少了你，我的生活难以继续，我不能忍受没有你的日子……亲爱的夏洛特，我终于明白，你占据了我生命的一半，我已不是独立完整的个体，我的不足需要你来指正，我的懦弱需要你来守护，我的罅隙需要你来填补。

如今，我与你分隔两地，我因此变得古怪起来。在某些地方，我武装自己，坚不可摧，但在某些地方，我忘记了坚强，脆弱得不堪一击，我需要你来守护我。我完全隶属于你，当我清晰地意识到这点时，我无比欢喜，雀跃着想要见到你。

我爱你的所有，而你的所有让我更爱你。斯台同我讲，你对处理家政抱着一片热忱之心，对此我十分想要去你的内心深处走一走，看一看你的所思所想。

亲爱的夏洛特，请无条件答应我，无论你对任何事物产生浓厚的兴趣，你对我的爱都要超越一切。

歌德

1784 年 6 月 28 日　于埃孙拉哈

我卑躬屈膝地恳请你

——歌德致施泰因夫人

亲爱的夏洛特：

终于等来了你的信，万分感谢！

字里行间的痛苦，我统统感受到了，请允许我暂时忘记这一切。我最爱的人，我卑躬屈膝地恳请你，让我回到你的身旁，我已经厌倦了漂泊。纵然我有愧于你，但还是恳求你不与我计较，慷慨地给予我原谅和安慰。你最近过得如何？你的身体如何？你对我的爱如何？恳请你不厌其烦地说给我听。下次再写信给你的时候，我会将完整的旅行计划向你汇报，有关我的决定，我希望能够实现。恳请你不要将此视作我与你的分离，因为我的关系，让你所失去的，以及我所失去的，都无法得到弥补。但愿我能够以一己之力，以最大的勇气来承受这一切。

请你代我向斯台和亚斯特送去问候，并替我感谢佛里普的来信问候，希望他能常常与我通信。他需要的东西，我已经开始帮他准备了，他值得拥有，并且应当拥有更多。你身体不适，本就让我忧虑，更何况是因我而起，更让我惴惴不安。我难以开口，恳请你大度地原谅我，我在进行自我斗争，简直难以言明。

歌德

1786 年 12 月 23 日

我是你的
——歌德致乌尔皮乌斯

乌尔皮乌斯：

前几日，我给你写过许多信，不知道你何时能够收到。为书页编码着实让人厌烦，但我正在做着的就是这项工作。你听闻我身体无恙，你知道我对你的一片赤诚之心。只愿此时，你能够在我身旁。我的小甜心！世间再也没有比与你相聚更美好的事情了，每一次我们在一起时我都会这样想。你呢？

我的小甜心，希望你好好管理厨房和地下室，我相信假以时日，你一定会更为出色。希望你成为一位优秀的主妇，为我打造一处温馨的住所。希望你能用爱情滋养我。有时我难免嫉妒，暗自认为你或许另有所爱，毕竟有许多男子比我更英俊温柔。我的小甜心，一定不许靠近他们，你一定要时刻将我视作意中人，我已经爱你爱到癫狂，除了你，我再无他人。

我知晓我们之间是真心相爱，但愿我们能够长久！我已经拜托我的母亲，帮忙置办两套床被及其他用品，你要做的，就是保证咱们的住所干干净净。在巴黎，不缺任何东西，只要你需要的东西我都会找人送去的。只要你能全身心地爱着我，对我忠诚，其他问题我都可以解决。我如果没有俘获你的心，其他一切于我一无所用。如今，我已经俘获了你的心，那么，我必然会珍视它，悉心呵护它。我的甜心，我是你的。

歌德

1792 年 9 月 10 日　于文登

约翰·克里斯托弗·弗里德里希·冯·席勒

1759.11.10 - 1805.5.9

席勒与洛特和卡洛丽两姐妹相识时，她们都不约而同地爱上了他。卡洛丽活泼开朗，热爱写作，洛特则腼腆文静。三个人一直维持着深厚的友谊，在一段时间内，席勒对两姐妹有同等的爱护，但最终，席勒选择了妹妹洛特。

1790年，席勒与洛特订婚。与席勒订婚后，洛特曾考虑将席勒让给卡洛丽，从三个人的爱情中退出来。在她眼中，姐姐更适合席勒，因为他们有诸多共同点，交谈甚欢，而她则只能默默做一个倾听者。但席勒坚定自己的选择，他认定自己爱的是洛特，她的温柔沉稳正好与自己的性格互补。

他们结婚后，洛特带给席勒很多快乐。在她的悉心照顾下，席勒全身心地投入到创作中，和洛特生活的这一年是席勒最幸福的一段时光。他将洛特称为快乐天使，席勒在给好友克尔纳的信中写道："环绕我的是快乐的天使。"

然而，他们并没有享受太久这种幸福。1791年1月，席勒染上了肺病，他的身体从此垮了下来。洛特不离不弃地照顾着席勒，让他能够在死亡的威胁下仍能继续创作，两个人互相扶持，一起走过了最艰难的一段时光。洛特生产时，席勒正在遭受肠绞痛的折磨，医生甚至判定他的生命只有最后半个小时。但席勒在痛苦之中惦记着正在生产的妻子，就这样，他从死亡线上爬了回来。洛特在生产时心里也一直挂念着席勒，她说当时她已经没有力气了，孩子怕是要难产了，但想到正在病床上的席勒，她告诉自己必须坚持下来。

最终，席勒还是没能战胜疾病，结婚15年后，他永远离开了心爱的妻子。

在洛特看来，席勒给了她今生最大的幸福，在没有他的日子里，她依靠曾经的幸福继续生活下去。

我的整颗心全都想念着你

—— 席勒致洛特

最亲爱的洛特：

没有你在身旁，我只能孤独地生活着。今天是孤独的第一天。昨天，我在你的房间中，和你一同呼吸。但是，曾经所享受到的欢愉就这样结束了。今年夏天时，我扔下书本，不再在晚上工作了，只和你欢快地生活在一起，如今却不能这样快活了。我无法想象，你我要永远分别。对于这里的全部事物，我都并不熟悉，要想提起兴趣，至少要集中注意力才行，但我的整颗心全都想念着你。在这里，我正经历着万劫不复的生活，我想之前喜欢郊游，在这也能继续，但真正让我开心的是回忆着今夏的美好。

可能我就是这样的人，总是带着复杂的心情，要是一个人难以适应新的状态，那么也就难以获得快乐。我曾想方设法摆脱因与你分离而产生的痛苦，但毫无用处。所以，这就是我的一个劫难。祝你幸福快乐，请收下我最真挚的祝福吧。

昨天我止不住回望，希望能看见你的车子正在我的身后追赶，然而我知道，这是不可能的，一瞬间，我心如死灰，我多么想你能来追我啊。

你的约翰

1788 年 11 月 14 日　于魏玛

我想你，想了许多个春夏

——席勒致洛特

最亲爱的洛特：

对于我不敢说的秘密，已然被你发觉了，甚至已经在内心深处予以回答了对吗？我真的希望我的猜测是正确的。对我而言，保护好这个秘密真是太困难了，我们熟悉彼此，而我应该严守这个秘密。我们在一起的时候，我有太多次想鼓起勇气，来到你的面前，将我的秘密告诉你，告诉你我所有的一切，但最终我还是选择了逃跑。我大概就是一个自私自利的人吧，一心只想着自己的幸福，但想到这里，我一下子慌张起来，还是决定要告诉你。

长久以来，我们的关系一直很亲密，如果有朝一日我会失去这种关系，因我而让你困扰，我们的友情出现了裂痕，那我们曾经最亲密无间的关系也要因此被破坏了。我的每一个细胞都叫嚣着，它们拥护着我坦诚地说明一切，我想拥有的幸福打败了我的犹豫和顾虑，我坚信为了幸福而牺牲一些东西是崇高的。如果你失去了我，你依旧能够找到快乐，而我如果失去了你，则注定再也无法快乐起来。这是我已经能够预料到的，所以我不得不以此为戒，去寻求幸福的希望。你或许会喜欢其他人，但请相信我，再也没有一个人能够同我爱你一般真挚，再也没有一个人能够同我一般将你的幸福看得那样神圣。

亲爱的洛特，我的朋友，我所拥有的全部，我的所有，都属于你。我之所以不停地努力着，奋斗着，就是为了能够与你相配，为了能够让你更幸福。友谊是爱情的根基，是牢不可破的纽带。我坚信，我们的友情是不会出现裂痕的，我与你的感情永远不会改变。但凡令你有所勉强的事物，请你一概忽视，请听从你内心的声音，对于我期待的事，恳请你答应我。你能否成为我的爱人呢？

我的快乐若是令人有所牺牲，那么请你坦白地告诉我。我们交心已久，任何东西都不能阻碍我们的心灵进行交会。

亲爱的洛特，祝你一切都好。我盼着能够找一个合适的时机，将我对你的感情全部表达出来，这是我长久以来最为期盼的事情。我还有千言万语要和你说，我会将今生的全部快乐交给你来保管。我想你，想了许多个春夏。我的最亲爱的，祝你幸福！

你的约翰

1789 年 8 月 3 日

于莱比锡

为了你，我可以做出任何牺牲

——洛特致席勒

我的亲爱的：

我有千言万语要对你说，所以必须抽出足够的时间来。相信我的信你已经收到，并且已经在琢磨其中的内容了，现在我要郑重其事地和你讨论一下。你的计划我之前就已经想到了，看你在信中有所表达，这让我感到无比开心。今生今世，我们绝对不会分离，我们心意相通。

我的爱人，你说的那番话让我很是感动。为了你，我可以做出任何牺牲。既然我对你的爱已如此狂热，那么，又有什么是不能为你做的呢？我们可以美满幸福地生活在一起，这一点你不要有任何顾虑。哪怕会失去与其他闺密的联系，也没有任何值得遗憾的地方。同她们相处，未必会让我快乐，不与她们有任何交集，本就是我的心愿，她们多是可怜的人，小肚鸡肠，满腹愁苦，同她们在一起时，时刻令我感到压抑。而且，我也绝对不会因为自己无聊而想见她们，你大可放心。

卡洛丽若是不能马上搬过来，可以随她的心意，只要她愿意，每天都可以过来。

洛特

11 月 30 日晨

路德维希·凡·贝多芬

1770.12.16-1827.3.26

　　贝多芬的第一个恋人是茱丽叶·琪察尔蒂，他是她的钢琴老师。他们在交流音乐的时候渐渐培养出了感情，两人深爱着对方。贝多芬曾为茱丽叶创作了《月光奏鸣曲》。但茱丽叶出身高贵，他们因身份的差距最终没能走到一起。

　　和茱丽叶分开后的 5 年中，贝多芬一直被这段感情创伤所困扰，直到 1806 年 5 月，贝多芬与布伦斯维克伯爵的妹妹泰丽莎结识。当时贝多芬在布伦斯维克家做客，他弹奏了巴赫的一支爱情曲子，泰丽莎被他的演奏吸引，对他一见钟情。第二天，他们相爱了，并在泰丽莎哥哥的同意下订了婚。虽然他们的婚约只维持了 4 年，但这段时间里，贝多芬享受了少有的温情和快乐。贝多芬后来说："当我想到她时，我的心跳仍和初次见到她时一样剧烈。"他后来创作了《热情奏鸣曲》献给泰丽莎。

　　1809 年，贝多芬被诊断为中耳炎，随着病情日益加重，脾气原本就很暴躁的贝多芬更加喜怒无常。在贝多芬受疾病折磨的时候，安东妮走进了他的生活。安东妮比他小 10 岁，但早已嫁作人妇，她对于艺术的鉴赏能力深深吸引着贝多芬。贝多芬很珍惜这位红颜知己，他将创作的《迪亚贝利变奏曲》献给了她。虽然安东妮已经有了自己的家庭，但贝多芬仍然无法隐藏对她的爱慕。

　　在他们往来的书信中，贝多芬一边宽慰安东妮的焦虑，一边又向她坦露着自己的不安。他们没有勇气光明正大地在一起，因此对未来充满了胆怯。他们知道恋情一旦被发现，舆论将会把他们压垮，但他们仍然痴心不改。对他们而言，放弃比任何事情都痛苦。

贝多芬和安东妮的地下恋情一直不为人知，但在1827年贝多芬去世之后，在他的遗物中，有3封写给"永恒的爱人"的情书。有一部分研究者判断，被贝多芬称为"永恒的爱人"的人便是安东妮·布兰塔诺。

愿你能够永远是我的宝贝

—— 贝多芬致永恒的爱人

我永恒的爱人：

今天我想写封简短的信给你。

我目前的生活让我感到乏味。对于那些确定发生的事实，不知道为何还会产生如此深刻的忧虑。为了成全我们的爱情，难道就只有"牺牲"这一种办法吗？难以否定的是，你无法完全属于我，我也无法完全属于你，这是无法改变的事实。

亲爱的，所以不要如此焦虑，放宽心，去散散步，仔细欣赏一下大自然的美。

爱情所发出的要求，决然不会出错，我们对彼此大可以放宽心。我时刻谨记要为你、为我们而生存，但你不必整日惦念这件事。我只希望当我们的爱情有了归属后，你能够忘却这些不必要的烦恼。

我的旅行狼狈极了，昨天凌晨 4 点才抵达目的地。由于马匹不足，所以邮差不得不选择一条其他的路来走，一路颠簸。即将抵达最后一站的时候，有人劝我不要在夜间赶路，所以当我准备路过一片森林时心生恐惧。

……

不久之后，我们就能够见面了。我仔细观察自己的生活，有了结论，但并不打算今天就告诉你。除此之外，我有满腹心事要告诉你。有时候，我真的觉得语言是如此苍白无力，根本无法完全表达出我的情意。愿你能够愉快，愿你能够永远是我的宝贝，像我对你那般忠诚。愿你所期望的一切，神会恩赐予你。

你忠实的路德维希

7 月 6 日晨

我们如此近，又如此远

——贝多芬致永恒的爱人

我永恒的爱人：

我感受到了你的痛苦，所以我必须早早将这信寄出去。唉，我多么希望你能够与我同在，无论我走到哪里，都能够有你陪伴在我的左右，与我一同生活。当你不在我身边的时候，我的生活糟糕透了。尽管有不少追随者，但我却并不为此感到骄傲，反而觉得自己受不起这样的礼遇。

我不断思考，自己在宇宙之中算是什么，何以能够被人们称为伟大。我想到你，当我意识到你会很久之后才能收到我的消息时，我竟难过地流下了眼泪。你或许曾经爱过其他人，但我对你的爱绝不会亚于其他人。希望你在面对我时，能够有足够的坦诚，无须隐藏自己。

晚安，我的宝贝，我准备去睡了。唉，我们如此近，又如此远。虽然我们的爱情如同空中楼阁一般摇摇欲坠，但是，却又坚不可摧。

你忠实的路德维希

7月6日晚

邮差就要出发了，所以我不得不停下笔

——贝多芬致永恒的爱人

我永恒的爱人：

我准备上床休息了，但对你的思念仍不能停止，时喜时悲，不能自己。我对未来充满期待，希望命运能够垂青于我。我多么希望能够无拘无束地与你生活在一起，如果不能实现这个愿望，那么我宁愿四海为家，直到有一天能够偎依在你的身旁，重回你的怀抱。或许有一天，我能够真正成为你家庭的一员，为了这一日，我要继续坚持。

你对我应该是了解的，绝对无须怀疑我对你的忠诚。除了你，再也没有其他人能够占据我的整颗心，你大可放心，我可以向你保证。上帝啊，为什么有情人要相隔两地？为什么我的生活总是充满忧虑？你给予我的爱，让我心生鼓舞，然而同样是这份爱，也让我背负着痛苦。不知道我们能否拥有美满的生活，但愿这点小小的愿望能够实现。

我的爱人，邮差就要出发了，所以我不得不停下笔，以便赶在他出发前将信寄出去，这样你就能够在第一时间收到我的来信了。不要再闹了，我爱你，绵绵不绝的思念让我止不住流泪。你是我的生活，是我所拥有的一切。我的爱人，请你不要停止对我的爱，请你不要怀疑我对你的爱。

我永远属于你，永远。

你忠实的路德维希

7月7日晨

海因里希·海涅

1797.12.13-1856.2.17

诗人海涅在情窦初开时，喜欢上了堂妹阿玛丽亚，可惜堂妹早已心有所属。后来，海涅又爱上了阿玛丽亚的妹妹苔莱丝，然而，苔莱丝和她的姐姐一样，对海涅没有任何感觉。

海涅的两段爱情虽然都无疾而终，但是这两段经历给他的创作带来了非常宝贵的灵感，海涅在这段时期创作了大量脍炙人口的爱情诗。

后来，海涅在流亡法国期间，遇见了鞋店女店员马蒂尔德，她是一位平凡善良的姑娘。海涅年少气盛时曾在一首诗中表示，如果他未来的妻子不喜欢他的诗，他就要离婚。海涅遇到马蒂尔德后或许忘记了年少时的狂言，对不通文墨的马蒂尔德，他非常包容和理解。马蒂尔德虽然对文学不感兴趣，但这并不妨碍她与浪漫多情的海涅结为夫妻。他们结婚后，她尽力照顾着丈夫和孩子。海涅后来瘫痪在床，她也依然努力支撑着他们的家。

在海涅最后的诗作中，有一些诗是写给妻子的。其中有一首诗是这样写的："亲爱的，我知道我死后你会常来看我，来时步行，回去千万坐马车。"

在每一分钟里，我都在想念着你

——海涅致马蒂尔德

最心爱的宝贝：

希望你万事顺利！至于我，老天爷却总在为难我。我忧心忡忡，很是苦闷，又无所事事。在每一分钟里，我都在想念着你。

我恳请上帝，希望等我回去后，你能不惹我生气。希望你可以乖乖在家，看书、做家务。今天，请你帮我一个忙，去女帽店为我的姐姐和外甥女挑选两顶最精致的帽子。如果店里没有你中意的帽子，可以选择定制。有一些小要求，帽子别太张扬，无须用过多的丝带做点缀，也不必追求丝绒，只要时髦即可。至于颜色，不要太深沉，浅色系会比较好，不过要排除蓝色，我姐姐讨厌这个颜色。你觉得绿色怎么样？会不会很好看？

我心爱的宝贝，再见。代我问候达特夫人，并向奥列西娅致以我的钦佩之情。

你可怜的丈夫海涅

罗伯特·舒曼

1810.6.8-1856.7.29

　　舒曼和妻子克拉拉·维克的相识缘于他们共同热爱的音乐。克拉拉的父亲维克先生是莱比锡最有名的音乐老师，在父亲的引导下，克拉拉 8 岁时便在音乐领域崭露头角。舒曼在青年时期跟随维克先生学习音乐，时常住在他家中。舒曼比克拉拉大 9 岁，但这并没有影响他们的交流，他们常在一起谈创作，有时两个人还会四手连弹，就这样他们渐渐生出了感情。

　　舒曼和克拉拉情投意合，他们决心厮守终生，在没有经过父母同意的情况下便私订终身。父亲维克知道这件事后大发雷霆，坚决反对他们结婚。一时间，坚持要嫁给舒曼的克拉拉和父亲陷入僵持状态，谁都不愿退让。

　　在克拉拉和父亲僵持不下的时候，舒曼迫不得已地寻求法律的帮助，并获得了法官的支持。在克拉拉 21 岁生日前夕，他们正式结为夫妻。结婚后的第一年，两个人生活愉快，舒曼的音乐创作也达到了一个繁盛时期，但是这种快乐并没有维持多久。舒曼家族有精神病史，结婚不久后便开始发作。到了 1854 年，舒曼的精神越发严重，他接连三次跳河，幸而每次都获救，无奈之下，他被送往恩德尼希的一家精神病院休养。

　　舒曼患病后，克拉拉的内心承受着巨大的悲痛，她的腹中有一个未出生的孩子，其他 6 个孩子最大的也不过 14 岁，他们还都需要照顾，整个家庭完全陷入了困境。在舒曼患病期间，有一位年轻有才华的男子一直陪伴在克拉拉身边，给了她很多关怀，这个人是舒曼的学生勃拉姆斯[9]。

勃拉姆斯得知舒曼得病的消息后，立即从外地赶回了杜塞尔多夫，帮助舒曼夫人一起照顾舒曼和他们的孩子。有一次，他将克拉拉的肖像给舒曼看时，舒曼用颤抖着的双手温柔地捧起来，那一幕让勃拉姆斯深受感动，他便给克拉拉写信告诉她这件事。

舒曼患病后，克拉拉为了撑起他们的家庭，奔波于各地演出。虽然不能时刻陪在舒曼的身边，但她一直为舒曼的身体状况担忧，常常给勃拉姆斯写信，询问舒曼的病情。但不幸的事还是发生了，1856年7月29日，舒曼离开了人世，彻底抛下了克拉拉和他们的孩子。如果说之前的克拉拉还能勉强振作起来，但这一次，她难以承受，甚至想一死了之。

在克拉拉最悲痛的那段时间，舒曼的学生勃拉姆斯久久陪在她身边，不停地开导宽慰着她。他希望克拉拉能够将舒曼的音乐传播下去，而不是做最坏的选择。最终，在他的劝说下，克拉拉重新振作了起来。

勃拉姆斯对舒曼和克拉拉的帮助，并不单单是因为他是舒曼的学生。他20岁时以舒曼学生的身份第一次去他家做客时，见到了克拉拉，就对她一见钟情，从此便把对克拉拉的情感埋在了心里。

舒曼去世后，关于克拉拉和勃拉姆斯的流言越来越多，勃拉姆斯为了让克拉拉免受流言的困扰，选择了离开，并且再也没有见过面。在后来40多年的时光中，他们一直通过书信来往。对勃拉姆斯而言，舒曼不仅是恩师，更如父如兄。为了让舒曼的作品继续流传下去，勃拉姆斯为克拉拉提供经费，供她前往世界各地巡回演奏舒曼的作品。

9.约翰内斯·勃拉姆斯，德国著名的作曲家，贝多芬以后最伟大的交响曲作曲家之一，经人介绍，跟随舒曼学习音乐。

邮差对我的吸引等同于上等的香槟酒

——舒曼致克拉拉

我最爱的、最尊敬的克拉拉：

有些人排斥美好的事物，他们认为鸿鹄不过是一种体形较大的鹅而已。以此类推，可以将远处说成比较远的近处，事实上或许也是如此。每天我都同你说话，而且清楚地知道你能明白我所说的意思。原本，对于我们的书信往来，我制订了一些计划。比如，我准备在《音乐报》上公开与你商量好的书信，然后把信中想表达的东西放入氢气球中，让它随着微风在空中飘荡。我准备捉一些蝴蝶，让它们作为我与你之间的信使，将我写给你的信，由它们送给你。反正，我有许多关于与你通信的奇思妙想。

今天，我被邮差的铃声惊醒。我最爱的克拉拉，对我而言，邮差对我的吸引等同于上等的香槟酒。

舒曼

1834 年　于莱比锡

生命的原动力就这么被摧毁了

——舒曼致克拉拉

我最爱的、最尊敬的克拉拉：

同你的父亲据理力争，简直太可怕。绝情又充满恶意，直接戳到人的心口……我的爱人，如今该如何是好？现在我真的是无计可施。我的聪明才智完全瓦解了，面对你的父亲，我手足无措。怎么办？怎么办？怎么办？尤其是你，千万要小心，别稀里糊涂被他蒙骗了……

我对你有万分的信任，彻彻底底地信任你，但你也要更强硬一些，甚至比你自以为的强硬还要强硬。你的父亲同我讲了一些让我害怕的话，竟然没有什么能够打动他。我亲爱的克拉拉，你一定要多加防备，他的诡计如果没有得逞，那么必然会采取暴力手段来威胁你。切记，一定要小心。

今天的我，心如死灰，完全沉浸在失落的情绪中。我心灰意冷，准备放弃我们的爱情，就当我们从未相识，更从未相爱过。但是，面对如此神圣的感情，我岂能就此作罢。我感到苦恼，却无能为力。请你告诉我，我该如何做才能解决这一切困扰。我再也不能单独见你。他说见面可以，但是必须有其他人在场，要当着其他人的面才能见面。这是多么残酷的要求啊。此外，他允许我们继续保持书信往来……天啊，谁来安慰我。生命的原动力就这么被摧毁了。

舒曼

1837 年 9 月 18 日

我在心中向你呐喊，向你说着一个"是"字

——克拉拉致舒曼

亲爱的：

你只想听我回答一个"是"吗？简单的一个字而已，却是如此不同寻常。如同我的一颗心，装满了无以言传的爱情，这个字必然发自肺腑地说出来。我一定要说出来，我在心中向你呐喊，向你说着一个"是"字，而且至死不移。

纵然我的心中充满痛苦，我的眼眶中饱含热泪，我也要全部说给你听！或许上帝会赐给我们倾诉心声的机会。你制订的计划存在危险，但为爱而生又何惧危险？所以，我要再次严肃认真地对你说"是"！

我18岁的生日就要在忧愁中度过了吗？应该不会，否则真是莫大的不幸。请你也相信，我不会因其他事物而扰乱自己的初心，对我的父亲，我会以实际行动告诉他，即便一颗弱小的心灵，也能够变得坚强。

你的克拉拉

1837年8月15日

于莱比锡

我们在精神领域携手并肩而行

——克拉拉致勃拉姆斯

最亲爱的约翰内斯：

关于你的奏鸣曲，我有些必须说的话，它以独一无二的旋律深深地打动了我。今天，当我收到它的时候，我就自然而然地来到钢琴前，一边弹奏，一边享受，甚至喜极而泣。开头就如此美妙，后面两个乐章也给我带来了欢愉，到第三乐章热情依然不减。在八分音符中，欢快的节奏让我发现这个旋律应该属于我，之所以这样说，在于我相信再也没有谁能够同我一样热爱这个旋律，它里面有我的喜悦和渴望。整个乐章从始至终，都让我充满喜悦。我心中满怀的激动和深情，完全无法用语言来表达。可以说，我们在精神领域携手并肩而行。

克拉拉

对你们夫妇的崇拜与仰慕，我还珍藏在心中

————勃拉姆斯致克拉拉

亲爱的克拉拉：

我诚挚地恳求你，收下这份来自一个可怜人的祝福，他一如既往地崇拜着你，如今，他深情地注视着那个完美的人……我的心受到了伤害，因为对你而言，我不过是一个局外人，一个比不上任何人的局外人。对此，我的心遭到了重创，这是我长久以来听到的最残酷的言论。

很久之前，我就曾有过相似的感觉，虽没有言明，但我的感触颇深。40余年来，我倾心相对，变得可有可无，这让我难以接受。不过，我还能够承受，毕竟在无尽的时间之涯，对于与孤独做伴，我早已习以为常。不过，今天我还是要说出来，在我这一生之中，最美好的经历是你们夫妻二人给予我的，那里蕴含着最珍贵的记忆。对于你的抛弃，我只能努力去承担，但对你们夫妇的崇拜与仰慕，我还珍藏在心中，并且那将是我此生最温暖的爱意。

尽忠于你的 J．B．

卡尔·海因里希·马克思

1818.5.5-1883.3.14

马克思和爱人燕妮儿时便相识了。马克思出生在普通的家庭，燕妮出身贵族，但他们的家距离很近，只有几分钟的车程，两个人在儿时就建立了深厚的感情。1836 年夏天，马克思在波恩大学上一年级的时候，按捺不住对燕妮的思念，便返回家乡特里尔向燕妮求婚，他们就此私订终身。此后，燕妮苦等了马克思七八年的时间，才正式结婚。

1836 年 10 月，马克思从波恩大学转赴离家遥远的柏林大学读书，这意味着他和燕妮无法常常见面。他们忍受着分居的煎熬，忠诚地等待彼此。在柏林，因为对燕妮太过想念，马克思无法全心地投入学习中。在这种心境下，马克思开始写诗，用诗歌抒发自己的感情和心声。

1841 年 4 月 15 日，马克思凭借优异的成绩提前获得哲学博士学位，原本打算返回家乡与燕妮结婚，但当时的经济条件无法支撑他们的婚后生活，结婚一事只好暂时作罢，他们继续等待。为了能够早日迎娶燕妮，从 1842 年 4 月开始，马克思为《莱茵报》撰稿，并从 10 月开始担任《莱茵报》的编辑。然而，不久后，马克思被迫退出《莱茵报》，随后他另谋出路，与阿尔诺德·卢格[10]

---

10. 阿尔诺德·卢格，德国政论家。

商讨他们共同著作的出版事宜。

　　1843 年 6 月 19 日，马克思与燕妮终于在克罗茨纳赫[11]结为夫妻。10 月份他们去了巴黎，与卢格一起为出版《德法年鉴》的事而忙碌。

　　马克思追求共产主义事业，燕妮倾力相助。当资产阶级对马克思加以迫害时，燕妮不离不弃，陪伴在他身边。为了继续自己的事业，马克思带着妻儿在各地辗转，他们的生活异常艰辛。有一次，燕妮在哄孩子睡觉时，他们的房东来要房租。燕妮没有钱支付，房东便叫来了两个警察，他们将燕妮家里稍微值点钱的家当都拿走了，甚至连孩子使用的摇篮都没给留下。燕妮只能抱着孩子睡在没有床铺的床板上。

　　即使他们的生活陷入这样的窘境，燕妮对马克思的爱也没有半点衰减。燕妮担负起照顾马克思的责任，她不仅照顾他的生活起居，还常常帮他抄写并修改手稿，并与出版社对接出版事宜。

　　1880 年，燕妮被诊断出肝癌，她以惊人的克制能力，忍受着极大的痛苦。为了更好地照顾妻子，马克思始终陪伴在她的身旁，想方设法让她感受一些快乐。1881 年秋天，马克思的身体也支撑不住了，他患了肺炎，随时面临死亡的威胁，但尽管如此，他念念不忘的仍是自己的妻子。他们的小女儿在谈到他们暮年的生活时，说："我永远也忘不了那天早晨的情景。他觉得自己好多了，可以自己走到母亲房间里去了。他们在一起又都成了年轻人，好似一对开始共同生活的热恋着的青年男女，而不像一个病魔缠身的老翁和一个弥留的老妇，不像是即将永别的人。"

　　1881 年 12 月 2 日，燕妮睡着后再也没有醒来。马克思深受打击，他写信给最好的朋友说："你知道，很少有人比我更反对伤感的了。但是如果不承认我时刻在怀念我的妻子，她同我一生中最美好的一切是分不开的，那就是我在骗人。"两年后，马克思也去世了，他被安葬在燕妮的坟墓旁边。

---

11. 燕妮的父亲去世后，她和母亲迁居到这个地方。

想要从头至脚地吻你

—— 马克思致燕妮

我的亲爱的：

我再次提笔写信给你，我感到孤独和难过，我时常会在心中和你聊天，但你对这一切无从知晓，听不见，也不回答。你的照片对于我来说极为重要，仿佛你就在我身边。我如此爱你，想要从头至脚地吻你，拜倒在你的面前，由衷地对你说："我爱你。"

一时的分别是有好处的，避免因长期接触而变得乏味。日常生活中，因来往密切，所展现出来的热情便会有可能吸引他人，但是如果不在身边时，这份热情也就不复存在。从日常的生活中便可以看出深切的热情，在其他情况的影响下而变成一种固定的习惯。我对你的爱就是这样。

当我们被空间所阻隔时，我们的爱反而受思念的滋养而不断生长。只要你不在我的身边，爱情就会显露出真实的样子，彻底纯粹地思念。对你的爱，集合了我的全部力量和感情。正是因为爱你，我才再次感受到了自我，发自肺腑地激荡出一种前所未有的热情。

微笑吧，我的爱人。或许你会好奇为何我会有如此长篇大论，但如果我的心能够紧贴着你的心，我就会乖乖保持安静，一言不发。我不能亲吻你的嘴唇，只好以文字传递我的感情。不可否认的是，美丽的女人数不胜数，但是，却再难找到一个人，能像你的容貌这般，一处细纹都能唤醒我生命中最强烈的情感。

再见，亲爱的，吻你及孩子们。

你的爱人

能够同你相爱，对我而言是一件很美好的事情

—— 燕妮致马克思

我的爱人：

你还在生我的气，为我担心吗？写之前那封信时，我的情绪有些激动，因为我当时所看见的一切都要比现实中恐怖一百倍。

请原谅我，让你担惊受怕，但是，你对我的怀疑却深深伤害了我。我实在难以想象，你会在信中写下如此冷漠的话，你怀疑我对爱情的忠诚，理由竟是因为我比以往沉默。可是究其原因，是因为我在慢慢化解你带给我的苦闷。我之所以保持沉默，是为了避免让你困扰，同时又能避免我的激动，这是出自对你我感情的珍视。

唉，你不够了解我，也不够了解我的处境，所以难以体会到我的难处，更无法体会到我的痛彻心扉。男女有别，在爱情中也成立，二者的爱情观本就不同。女人给予男人的爱，是毫无保留的，除了她对他的爱及自己这个人，就再也没有其他能够给予的了。一般而言，女人应当在爱情中感到满足，同时忘却其他所有。

然而，我的爱人，恳请你理解一下我的处境。你对我少了一份尊重和信任，虽然从最初我就已经察觉到了这一点，但我选择接受和忍耐。你可知道，你的帅气也好，甜言蜜语也罢，会让其他姑娘沉迷，但对我而言，却会让我陷入深深的恐慌之中。我对你的爱越是难以割舍，我就越是害怕，如果有一天你对我的一腔热情消失不见时，当你对我变得不理不睬时，那么我必然跌落悬崖。你必须清楚，由于整日担忧会失去你的爱，我变得惴惴不安，因此丧失了快乐的能力。我无法全身心地投入到你的爱情中，因为我不敢保证这份爱情的持久性。在我看来，这是最为可怕的一件事。

卡尔，或许在我们的爱情里，你并未如期得到你想要的东西。我之前常要你留意现实，不要总是一味沉浸在爱情中，一心只想着从爱情中寻求安慰，这样会损耗你的精力，而影响其他的事情。

卡尔，但凡你能体会我的忧愁，也就不会那样待我了，凡事都着眼于令人不快的琐事，以及枯燥的现实，情真意切的感情也就不会这么难以寻觅。

卡尔，我多么希望能够在我们的爱情中获得心灵的慰藉，哪怕只是片刻的宁静，我都不会像现在这般痛苦。但是，亲爱的，你对我不够尊重，也没有足够的信任可言，所以我也无法永远珍视你对我的爱情，即便我甘愿为了你牺牲一切，奉献一切。

想到这里，我的心在撕裂，我感到万分痛苦。假使你能够及时发现，你或许就可以对我多些温和，或许就可以理解我为什么会在你我的爱情之外去寻找慰藉。我相信你的判断总是无误，但是恳请你站在我的立场为我考虑一下，考虑一下我的敏感，如果你能真正地为我着想，也就不会如此残忍地对待我。我多么希望有一瞬间你能够化身为女人，像我这般性格的女人，这样你就可以真正体会我的感受。我的爱人，自从看了你的上一封来信，我就摆脱不了心中的苦闷，我担心你会因为我而去与人决斗。我对你承认了吧，当我担心你会生病、流血的时候，我又有些庆幸，庆幸你若是能够受了伤，我便可以因此成为你不可取代的一部分，你会让我陪伴你的左右，并且一心一意地爱着我。到那时，我就可以时刻跟随你，为你天马行空的想法做记录，这样你就会更加离不开我。我就这样天真地幻想着，当听到你的声音时，我就会忍不住激动，然后把这份激动小心翼翼地保存在心里。我就是这样，经常这样幻想，沉浸在自己的幸福中，这时的我完全属于你。

我的爱人，请你快些写信给我，告诉我你爱我如初，也会爱我至永远。此外，亲爱的，你还需要坦诚地告诉我，为何会对我产生猜疑。我并不认为你在世界上独一无二，但这并不妨碍我用一切的信念爱着你，这种心情无以言表，我爱上了你，怎会再倾心于其他人？在我面对你的时候，我绝对没有任何隐瞒，没有任何二心，即便如此，你依旧对我的忠诚有所怀疑。奇怪的是，对于一个几乎无人知晓的我，竟然有人会告诉你我常在社交场合与他人，尤其是男人谈笑风生。

可以说，即便是与并不熟悉的人相处，都能非常愉快，但与你在一起时，却很难做到。你不知道的是，我同他人交谈时，可以随心所欲地谈天说地。但是，哪怕你只是看了我一眼，我就会觉得紧张，心跳加速，血液仿佛都凝固了。当我想念你时，甚至会陷入一种沉默的状态，就如同丧失了语言功能。原本只是稀松平常的事，却不知道为何会有如此强烈的感觉，以至于我感觉自己是在用生命的全部想念着你。我时常想起你对我说的话，仅仅是这样，都能让我产生奇妙的感觉。更不要说当你把我拥入怀中，亲吻着我的时候了。那个时候，我激动极了，都忘记了呼吸。当我想到你望向我的眼神，那么摄人心魂。我的爱人，如果你能完全了解我的感觉，那就太好了。我还经常幻想着有朝一日，我能同你一起生活，你唤我妻子。如果真的有这么一天，我愿意将我所思所想一五一十地告诉你，而不会像现在这样有些不好意思。

能够同你相爱，成为你的爱人，对我而言是一件很美好的事情。如果你能知道我的心情，你就能够坚定不移地相信我，不会再怀疑我会移情别恋。你对我说过的许多话，你或许已经忘记了，但我却都清楚地记得。一次，你说了许多甜言蜜语，我相信只有当一个人深爱着另一个人时，才会说出如此动人的情话。

……

亲爱的卡尔，你的傻姑娘又在自言自语了。我期待着你对我的想法能够有所转变。

燕妮

俄国篇
RUSSIA

普希金 / 屠格涅夫 / 托尔斯泰
柴可夫斯基 / 契诃夫 / 莎乐美 / 茨维塔耶娃

Александр Сергеевич Пушкин

Иван Сергеевич Тургенев

Лев Николаевич Толстой

Пётр Ильич Чайковский

Anton Pavlovich Chekhov

Lou Andreas-Salomé

Марина Ивановна Цветаева

亚历山大·谢尔盖耶维奇·普希金

1799.6.6-1837.2.10

　　1819 年，在彼得堡艺术学院院长奥列宁的家中，20 岁的普希金第一次见到 19 岁的凯恩，并对她一见钟情，但当时的凯恩已经嫁给了一位 56 岁的将军。1824 年 8 月，普希金被发配到原籍米哈伊洛夫斯克村，第二年夏天，凯恩在米哈伊洛夫斯克邻村的一位亲戚家做客时，与普希金再次相遇。他们度过了几天美好的时光。凯恩离开村庄的那天，普希金把长篇诗体小说《叶甫盖尼·奥涅金》的第二章送给了她，并在书中夹了一首为她写的诗——《致凯恩》。但因为凯恩已经嫁作人妇，所以他们恪守着内心的道德，最终也没有走到一起。

　　后来，普希金在诗坛上颇负盛名的时候认识了莫斯科第一美女——18 岁的娜达丽娅，娜达丽娅的明艳动人让普希金痴迷。1828 年，普希金向娜达丽娅求婚，但遭到了拒绝。普希金没有放弃，两年后，再次向她求婚，这一次娜达丽娅接受了普希金的求婚。但他们性格并不合拍，普希金视诗歌如生命，而娜达丽娅觉得诗歌枯燥乏味，没有半点兴趣。当普希金酝酿好情绪准备给她朗诵一首新诗时，她却一点耐心都没有。普希金的朋友们在他家中小聚讨论诗歌时，娜达丽娅也会马上躲开他们。

　　人人羡慕普希金有一位美丽的妻子，但在这种虚荣的背后，普希金承受着巨大的压力。娜达丽娅对诗歌无感，但她热衷于跳舞，崇尚奢华的生活。为了满足妻子对物质的欲望，普希金不得不四处借贷和赊账，送奶工、车夫、裁缝、仆人……那段时间似乎人人都是他的债主。在他们婚后的 4 年时间里，欠债已达 6 万卢布。到普希金去世，欠债已达到了 12 万卢布。

普希金的经济来源只有稿酬，但他平日里被债务缠身，消耗了大量的时间和精力，几乎没有时间写作，家庭的收入逐渐减少，生活的负担越来越沉重。普希金为此焦头烂额，但年轻貌美的妻子却无动于衷，她继续挥霍无度地生活，对普希金的压力熟视无睹。普希金虽然无奈，却从不指责她，放任她逍遥快活，过着虚无的生活。

1836 年 11 月 4 日上午，有人给普希金送来了一个纸袋，里面装着自称"绿帽子协会"颁发给他的成员证书，上面写道："绿帽子最高勋章获得者、骑士团长及骑士们会聚勋章局，在尊敬的纳雷什金主席主持下，大家一致同意任命普希金为主席的助手和奖章史研究家。"一时间人们议论纷纷，原本受人敬仰的普希金，成了人们茶余饭后的谈资。

在他们 6 年的婚姻生活中，普希金尽职尽责地呵护着妻子。为了让妻子开心，普希金凭借自己的名声，带娜达丽娅进入彼得堡的上流社会，享受着众人仰慕。但娜达丽娅不顾丈夫的声名，公开与别的男人在一起。

在她众多的仰慕者中，荷兰公使（老格尔恩顿）的干儿子、法国人丹特士是娜达丽娅最喜爱的人。丹特士仪表堂堂，讲话幽默，会讨女人欢喜，他们很快打成一片。普希金知道后坐立难安，为了捍卫自己的尊严和保护妻子，他向丹特士发出决斗的邀请。老格尔恩顿知道普希金对俄罗斯意味着什么，在他的多方斡旋下，暂时制止了这场决斗。但是丹特士对娜达丽娅的追求和恭维越来越令普希金无法忍耐，他再一次向丹特士发起决斗挑战，并定了极其残酷的条件：双方射击的距离只有 10 步，并且在第一次双方都没有射中对方之后，决斗再重新开始，直到有一方倒地为止。

结果，普希金为此丢掉了性命。

你只需一匹马，直奔密侠洛夫斯科耶

—— 普希金致凯恩夫人

夫人：

现在，我要与你讨论将来的事。

假使你对自己的丈夫已经毫无眷恋之情，那就将他置于一边，不要理会。你要坚持自己的想法，而不是为了成全全家人的幸福来委屈自己。你只需一匹马，直奔密侠洛夫斯科耶。我的脑海中始终盘旋着这个计划，你或许不知道，一旦成真，你将拥有何等的幸福。

也许你在担心流言蜚语，毕竟离开自己的丈夫不是一件小事。但是，你也要清楚地知道，我的计划绝对浪漫至极。我能想到你的舅母会为此感到惊讶，必定与你大吵一架。不过你只须维系你和表妹的友谊即可。我还没同你讲，我准备献上我的建议，就是理性来对待这件事。

我能与你相见吗？一想到是否定的回答，我就充满挫败感。你或许会让我自我安慰一番，但即便我同意，又要我如何做呢？要我重新寻觅爱人吗？这绝对不可能。我绝不会答应的。要我离开俄国吗？要我自杀吗？还是要我与其他人结婚？这些都违背我的意愿。唉，我要怎么做才能收到你的来信呢？对于我们通信这件事，你的舅母持有绝对否定的态度，然而你我之间的来信是不含有任何杂质的。她会翻看我们的来信并歪曲其中的内容，甚至会将其付之一炬。你要改变自己的笔迹，至于其他，我会想办法。你要多多写信给我，不用顾忌其他。恳求你，不要让我感觉我再也见不到你了，要不然我真的只能费尽心力去爱其他人了。

你放心大胆地过来，我可以向你保证，我绝对温柔谦逊。星期一，我开心地期盼着；星期二，我是兴奋的；星期三，我是温柔的；星期四，我是健谈的；星期五，我是和善的；星期六和星期日，我则对你言听计从。一整个星期，我都甘愿匍匐在你的脚边。

普希金

1825 年 8 月 28 日　于密侠洛夫斯科耶

你尽管去享受快乐，我完全支持

——普希金致娜达丽娅

我的心肝：

感谢你，让我昨天能够收到两封来自你的信。不过，从字里行间可以看得出，你还在以卖弄风情为乐。我想善意地提醒你，现在并不合适。你喜欢形形色色的男人对你大献殷勤，你可以去追寻快乐，但我不能容忍的是，你为什么要将他们引到家里来呢？你会遇见什么样的人，这是无法预知的。正如伏马和科士马的故事那样，伏马热情地拿出鱼子酱和青鱼来招待科士马，科士马饱餐之后还想要一份饮料，但伏马拒绝了他的要求，结果，科士马一气之下就将伏马狠狠打了一顿。这个故事可以作为一个教训来看，你以后不要随便带人回家，一不小心就有可能遇到科士马这样的人，而自己的下场就是伏马。你能明白吗？所以不要再随便在家里招待一些莫名其妙的客人。

......

我的爱人，我现在无所事事，便希望你能赐我一个香吻。我很感谢你向我一一介绍奢华的生活。我美丽高贵的妻子，你尽管去享受快乐，我完全支持，但只是恳请你不要过于俗气，同时，也不要将我抛在脑后，置之不理。我喜欢看你精心打扮自己，见到你美艳动人的样子，我也很享受。希望你能将自己在舞池中受人仰慕的情形告诉我。我的爱人，再次恳请你不要在所有人面前卖弄风情，我坦诚地说，我并不会嫉妒那些觊觎你美貌的男人，但是，我鄙视俗气的东西。希望当我回来的时候，你不要改变自己的腔调，否则我会立刻与你离婚，立刻去参加军队，以此解除自己的苦恼。

你询问我是否一切顺利。首先，我之所以蓄起胡须，是出于男人共有的爱好，当我走在大街上时，会有人叫我叔叔。其次，每天我会固定在 7 点钟醒来，喝上一杯咖啡，然后去床上躺着，一直到下午 3 点钟。最近，我一直在不停写作，并且有不少新作品。我会在 3 点出门，去外面走一走，走到 5 点钟，然后回来洗漱，开始享用晚餐。之后，便开始与书为伴，直到 9 点。这就是我一天的情形，基本上每天都是相同的模式。

普希金

1833 年 10 月 30 日

于博尔笛罗

恳请你莫要生我的气

亲爱的宝贝:

其实我已经给你写了一封长达4页的信,但是考虑到信的内容过于悲痛,所以并没有寄给你,然后重新写了这封信。我的肝病愈发严重,你我远隔千里,我的苦闷又无法在信中一一细说。这着实让我痛苦。

……

我美丽高贵的妻子,恳请你莫要生我的气,我虽有所抱怨,但希望你不要误解。你了解我,从来不愿意因自己对你的依赖而怪罪你。曾经,我下定决心与你结婚,这是我必须做的事,因为如果失去了你,我的人生就只剩下不幸。

我认为,我不该去担任官职,尤其是不该领薪水,对家庭生活的依赖有助于人们崇尚道德,但若是因为野心而去产生依赖,则会起到反作用。如今,他们将我看作仆人,我任由他们处置。

比起被人们指责,被轻视才更令人难以忍受。我渴望同洛莫罗索夫一般,在上帝面前保有自我,但你面对这一切时却不管不顾。我的善良已同愚蠢混为一谈。

……

或许,我应该接受你的建议,把财产交由他人管理。至于如何管理,则由他们自行决定。父母的花销无须担忧,他们有充足的积蓄。我恳求你的亲吻,并献上诚挚的祝福。盼着你的来信,不过要多加小心,你的来信也许会被其他人看到。

普希金

1834年6月8日 于圣彼得堡

伊凡·谢尔盖耶维奇·屠格涅夫

1818.11.9-1883.9.3

1843 年秋天的一个晚上，屠格涅夫的好友路易·维亚多邀请他来圣彼得堡歌剧院观看妻子的演出。维亚多的妻子波丽娜是歌剧《塞维利亚的理发师》的表演者，也是马努耶尔·伽西亚[12]的女儿。她 10 岁时，开始跟钢琴大师李斯特学钢琴。波丽娜样貌平平，但极富才华。当波丽娜身着华服出现在舞台中央时，屠格涅夫的整颗心都陷了进去。他在波丽娜演出完毕后，去后台看她。面对屠格涅夫炙热的神情，拥有众多掌声和崇拜者的波丽娜早已司空见惯，她只是微微一笑，并没有多说什么。

那一次见面之后，屠格涅夫对波丽娜的爱慕与日俱增。为了能够见到她，屠格涅夫不惜斥巨资在剧场包了一个奢华的座位，在他看来，唯有这样才能与高贵的波丽娜匹配。屠格涅夫认为，要想欣赏波丽娜的歌喉，就必须在高贵的地方，这是对她的尊敬。

不久之后，波丽娜对屠格涅夫的态度也有了细微的改变，屠格涅夫不再是单相思。不过，波丽娜深知自己是有夫之妇，不愿把事情搞得沸沸扬扬，于是隐藏着自己的感情。但屠格涅夫无法控制自己对波丽娜的感情，有一次，他将自己对她的爱一股脑地说了出来。波丽娜为此考虑了很久，她觉得自己不能任

12.西班牙男高音歌唱家，《歌唱艺术全论》及多部歌剧的著者。

性妄为，因此，并没有像屠格涅夫那样坦诚地说出自己的爱意。对于自己的鲁莽，屠格涅夫心怀歉疚，但波丽娜没有明确拒绝，又让他放松下来。在此之后，屠格涅夫同往常一样，每天依旧会去剧院看波丽娜的表演。

1845年春，波丽娜去了巴黎演出，她的离开让屠格涅夫六神无主。屠格涅夫再三考虑后，决定不顾一切地去追随波丽娜。于是，他放弃了内务府办公厅文官的工作，义无反顾地离开了俄国，来到了波丽娜身边。这一次，波丽娜没有再犹豫，她正视自己的内心，接受了屠格涅夫并决心向丈夫坦白。

维亚多知道了屠格涅夫和波丽娜的恋情后，没有大发雷霆，他沉默不语，试着接受这一切。维亚多对波丽娜的爱丝毫不逊色于屠格涅夫，他所考虑的不是自己，于是希望妻子能够真正获得幸福，哪怕这种幸福建立在他的痛苦之上。于是，他决定成全他们。但屠格涅夫在维亚多的宽容前败下阵来，他不愿因自己的私念而伤害波丽娜和她的爱人，最终选择独自离开，远离波丽娜，回到了圣彼得堡。

回去不久后，屠格涅夫开始向自己的表侄女示爱，这个年仅18岁的姑娘成为屠格涅夫的新欢。社会上对此议论纷纷，谩骂声不绝于耳。屠格涅夫又转身追求列夫·托尔斯泰的妹妹玛利亚。玛利亚对屠格涅夫仰慕已久，为了能够和他在一起，她不惜与丈夫离婚。可屠格涅夫最后还是抛弃了她。随后，屠格涅夫与母亲17岁的女佣发生了关系，并且生下了一个女儿。

1847年1月，波丽娜到柏林演出，屠格涅夫得知消息后没有片刻犹疑，从圣彼得堡赶到柏林。他们久别重逢，倍感欣喜。为了让妻子开心，维亚多不顾流言蜚语，邀请屠格涅夫来家中同住。就这样，屠格涅夫正式加入这个家庭，组成了"三口之家"，他和波丽娜的感情日渐升温。

但法国二月革命打破了他们的这种生活，先是维亚多和波丽娜被带走接受审查，随后屠格涅夫也被审查。在屠格涅夫被关押的两个月中，维亚多与波丽娜的家成为一片废墟，两人也不知去向。直到法国二月革命结束，屠格涅夫见到了波丽娜的演出海报，他们才在剧院重逢。

1850 年，屠格涅夫因父母出事不得不返回俄国，波丽娜担心再次与屠格涅夫失去联系，几乎每天都要写信给他。屠格涅夫为了让女儿得到更好的照顾，把她交给波丽娜抚养，波丽娜欣然答应，并将屠格涅夫的女儿看作是上帝赐予她的礼物。

在这段离开波丽娜的日子里，屠格涅夫一直沉浸在写作中。1851 年，他创作了戏剧集《内地女人》和《大路上的谈话》，并且结识了作家果戈里。1852 年，果戈里逝世后，屠格涅夫为其撰写了悼文，但是当局以这篇悼文违反审查条例为由，将他拘捕。屠格涅夫在拘留期间，写了小说《木木》。直到第二年的 11 月，他才返回圣彼得堡。

屠格涅夫随后进入了创作的高峰期，坎坷的经历为他提供了诸多的创作灵感。在不到两年的时间里，他先后发表了《僻静的角落》《两个朋友》《雅可夫·白辛可夫》《浮世德》《罗亭》等中长篇小说。

1871 年，维亚多和波丽娜在小镇布日瓦购置了一处别墅，而屠格涅夫则在他们的别墅旁修建了另一座别墅。他在别墅的每一层都修建了阳台，屠格涅夫常常站在阳台上，望向不远处波丽娜的别墅。

我度过了一个美妙而难忘的夜晚

——屠格涅夫致波丽娜

可爱的波丽娜：

一个半小时之前，我就回来了。在欧黑尔，我度过了一个美妙而难忘的夜晚，但是，因为我无时无刻不在想念着你，致使我难以入睡，所以从某种意义上来讲，这又是痛苦不堪的一个夜晚。

当我站在窗前时，想着你昨晚开窗的样子，不知不觉说了"绝望"两个字，其实与你并无多大关系，只是一件很遥远的事情罢了。我幻想着将你从车上拽下来，然而理智战胜了一时的冲动。可以想象，如果我真的这样做了，那么第二天的报纸上就少不了出现这样一则新闻，说是在欧黑尔车站发生丑闻之类的。肯定地说，必然会在俄罗斯引起骚乱。庆幸的是，我并没有这样做。人生总有这样或那样的变数。

屠格涅夫

列夫·尼古拉耶维奇·托尔斯泰

1828.9.9-1910.11.20

　　1862年，18岁的索菲亚受人引荐，认识了年长自己16岁的托尔斯泰。索菲亚是沙皇御医的女儿，年轻聪慧。这年的9月17日，托尔斯泰便写了一封求婚信寄给了索菲亚，之后他们正式订婚，一个星期后，他们在莫斯科举行了婚礼。

　　托尔斯泰与索菲亚的婚姻维系了48年，他们养育了13个孩子，其中有5个孩子不幸夭折。托尔斯泰对生活极其挑剔，他只穿索菲亚亲手缝制的衣服。和托尔斯泰生活的同时，索菲亚不仅要打理好自己的小家庭，还要管理庄园的事务。有了她的付出，托尔斯泰可以抽出时间全身心地投入到创作中，无须为家中的琐事费心。

　　面对沉重的婚姻生活，索菲亚曾经有过退缩的念头，但当意识到自己妻子与母亲的职责所在时，便硬着头皮去承担。除了要解决日常生活的琐事，索菲亚还是托尔斯泰的工作助理。每天傍晚，她都要誊抄托尔斯泰白天写的草稿，单是《战争与和平》，她抄了几十次。他们在长久的生活中渐渐有了默契，托尔斯泰为了省事，往往只写开头的字母，而索菲亚一看便知。

　　托尔斯泰在中年后，人生观和价值观发生了很大的转变。他厌烦了贵族的寄生生活，对底层的苦难民众充满了同情。他希望自己的家庭能够和过去享受的贵族生活决裂，索菲亚对此无法理解，也无法做到，她坚定地保护她的家庭和生活，他们因此产生了不可调节的矛盾。托尔斯泰在晚年时离家出走，再也没有回来。

我可以肯定，你能带给我快乐

——托尔斯泰致索菲亚

索菲娅·安德列耶夫娜：

对你的感情一日比一日深。这一个月以来，我常对自己说，一定要在今天将所思所想一并告诉你，但当与你分别的时候，却依旧开不了口。

夜深人静之时，回想这一天发生的事情，又因未能说出口而感到懊恼。如何开口和你说呢？开口之后又要说些什么呢？我会将这封信带在身边，如果这一次我又没能向你吐露我的心声，这封信就会交到你的手上。

我的直觉告诉我，你父母有意撮合我与你的姐姐，但是，这并不符合我的真实意愿。读过你的小说之后，种种情节久久盘旋在我的脑海中，

我可以肯定，你能带给我快乐。在你面前，我更加深刻感知自己年岁已老，与你极不相配。然而，即便有如此认知，却仍欺骗自己，宽慰自己。如果说之前还能够依靠写作来忘记你，但如今却已是无能为力了。我们的友谊，因为我的私心而变得进退两难。

你正直善良，恳请你大发慈悲地指点迷津，我应该如何做？恳请你对我说真话，你愿不愿意成为我的妻子？如果你同意，那就告诉我吧。如果还有一些犹豫，那也直白地告诉我。倾听你自己的心声吧。当然，我害怕你说不愿意，但假使你说了，我只好依靠自己的力量来面对。

如果我这一生，注定无法得到相等的爱，无疑是可悲的。

托尔斯泰

1862 年 9 月 16 日

无论你做出怎样的决定，都不会影响我的决定

——托尔斯泰致索菲亚

索菲娅·安德列耶夫娜：

无论你做出怎样的决定，都不会影响我的决定，请你相信，我对你从未有半点责怪，同时，对自己也是如此。无论我们是好是坏，这都是上帝的旨意。

同一条船，同样的夜晚，我在给你写信。孩子们相处融洽，现在已经进入梦乡。此时是晚上 10 点，如果一切顺利的话，第二天一早我们就可以抵达萨马拉。

托尔斯泰

1878 年

在赴萨马拉的船中

如果能够得到上帝的应允，
为你我免去不幸的事，我即便受苦也心甘情愿

索菲娅·安德列耶夫娜：

路途的颠簸出乎我的意料，我的脚不小心受了伤，小憩一会儿便觉得好些了。我买了一双麻制的鞋，走起路来十分轻便。这次旅行充满教育意义，对我们大有帮助。如果能够得到上帝的应允，让我们一家人重逢，让你我免去不幸的事，那我即便受苦也心甘情愿。

上帝的世界如此伟大，对于那些虔诚的人而言，大有裨益。至于我们所创建的世界，尽管踏遍它的每一寸土地，都毫无意义。约多洛维芝与我结伴来到阿蒲提拿，他是个亲和的人。我们来到色利顽诺夫，借住在一户富农家。在阿多叶夫和叶列夫，我都给你写过信。我注重健康饮食，所以今天向我的胃献上了一些无花果。昨天，偶遇一个女郎，如果你看见了她，也一定会欢喜。

一种全然新鲜的认识是我所看重的，就是作为局外人去观察事物，而不是身在其中。孩子们可否让你觉得吵闹？但愿没有遇到令你不悦的拜访，但愿你身心舒畅，但愿你一切平安，如果但愿成真，就是最好。

托尔斯泰

1881 年 7 月 11 日

彼得·伊里奇·柴可夫斯基

1840.5.7-1893.11.6

梅克夫人是柴可夫斯基生命中至关重要的一个人。

梅克夫人是一位铁路运输大亨的遗孀，丈夫去世后，留给她一大笔遗产。梅克夫人不但有着丰厚的家产，她还非常喜欢音乐，曾先后资助过德彪西、尼古拉·鲁宾斯坦[13]等音乐家。

柴可夫斯基在尼古拉·鲁宾斯坦创办的莫斯科音乐学院当音乐老师时，创作了一些曲子，梅克夫人听后，很欣赏他的才华。1876年，在尼古拉·鲁宾斯坦的引荐下，柴可夫斯基认识了梅克夫人。梅克夫人声称自己没有女人味，但对柴可夫斯基来说，她有着独特的魅力。

梅克夫人听说柴可夫斯基因经济窘困想要另谋生路时，慷慨地给他提供每年6000卢布的经济支持，以便确保他能够专心创作。同时，梅克夫人因为觉得自己性格不适合与人交流，向柴可夫斯基提出了不再见面的要求。柴可夫斯基答应了这个要求，他们再也没见过面。作为报答，柴可夫斯基为梅克夫人写下《第四交响曲》和《悲怆交响曲》，并把《第四交响曲》称为"我们的交响曲"。

13.尼古拉·鲁宾斯坦是俄罗斯作曲家、指挥家、钢琴家，与同为音乐家的哥哥安东·鲁宾斯坦是俄罗斯学院派创立者，二人在莫斯科创办了莫斯科音乐学院，尼古拉聘请到柴可夫斯基来教授作曲，因此相识。梅克夫人因对音乐的喜爱，资助过尼古拉。

从 1876 年到 1890 年，这 14 年间，他们之间的通信有 1200 多封。在这期间，柴可夫斯基与梅克夫人有过两次短暂的见面，但即便面对面，他们也保持着陌生人的状态。有一次，他们在意大利偶遇，梅克夫人散步的时候，经过柴可夫斯基住的旅馆，而柴可夫斯基恰巧走到阳台上，他们的目光相遇，一时间都有些错愕，怔怔地望着彼此。但梅克夫人很快摘下近视镜，匆匆走开了。

1890 年，梅克夫人不幸染上结核病，之后不久，她的儿子弗拉基米尔也被查出患了这种病，梅克夫人的家庭产业也出现了一些状况。梅克夫人清楚自己的身体状况，她把写好的最后一封信和备好的资金交给侍从伊凡·瓦西里耶夫，托他转送给柴可夫斯基，但她一直没有收到柴可夫斯基的回信。

1893 年 9 月，柴可夫斯基的侄女安娜，也是梅克夫人的儿媳，动身去尼斯照顾病重的梅克夫人。柴可夫斯基让安娜带去他真挚的歉意，请梅克夫人宽恕他的沉默和消失。梅克夫人收到歉意后，说："我知道，他不需要我了，我也再给不了他什么了，我不愿让我们的通信只对我一个人是快乐的，对他是负担，我没有权利只要自己快乐。"

梅克夫人对柴可夫斯基的音乐创作和人生都有深刻的影响，据说，柴可夫斯基弥留之际还喊着梅克夫人的名字。

我情愿与你相守一生

——柴可夫斯基致梅克夫人

梅克:

就在刚才，我给你寄了一封信，又恰巧收到了你的来信。读完后，我颇为感动。你说我的音乐已经占领了你的心房，这让我尤为感到欣慰，这将是我一生中最欢快的感觉。你需要我向你阐述对你的一片痴情吗？我一生之中，第一次遇到这样一个人，对我如此温和，也是第一次遇到能够与我的思想产生共鸣的人。你的存在成为我活着的必需品，如果没有了你，我就像被夺去了空气。当我想到任何事的时候，总能想起你，你对我的爱以及对我的理解构筑成我生命的基石。当我在作曲的时候，我会想起你。你能否感知到我呢？

对于你在信中对我所表现出来的亲切，我应该感到奇怪吗？不会的，我只是害怕自己配不上你的亲切。我所说的这一切，都绝非是客套话，也绝非是我在故作谦虚，而是此时此刻，我深刻意识到了自己的弱点。

对于我与你的关系，我绝不能容许存在半分的虚假。自我们出生以来，都在种种约束下生活着，尽管我们渴望摆脱这种约束，但当我们有些许违抗的时候，总会感到隐隐不安，当不安的情绪产生时，虚假也就会随之而来。

我情愿与你相守一生，这是我完全赞同的。我的爱人，你来决定我对你的称呼。开始的时候总会有些为难，但是"您"也好，"你"也罢，都不会影响我对你的爱。既然这是你的一个心愿，我定然要全力满足你。但是，希望是你主动来更正，所以来信告诉我该怎么做。在你回复我之前，我会沿用"你"这个称呼。

小柴

1878 年 3 月 24 日

安东·巴甫洛维奇·契诃夫

1860.1.29-1904.7.15

　　1898 年 9 月 9 日，契诃夫的喜剧《海鸥》在莫斯科艺术剧院排演厅上演，契诃夫和剧组见面时，遇见了演员克尼碧尔。随后，契诃夫便婉拒了米奇诺娃[14]的求婚，并且毫不隐晦地表达了对克尼碧尔的爱意。契诃夫在谈起对克尼碧尔的喜爱时，曾说："女演员很可爱……如果我再在那里待上一段时间，我要失去理智。年岁越大，生命的脉搏在我身上跳动得就越加有力。"

　　1901 年 5 月 25 日，契诃夫和克尼碧尔成婚，但他们的婚姻生活聚少离多，两个人时常身处异地。克尼碧尔作为一名演员，为了演出方便，常住莫斯科，但契诃夫患有肺病，为了调养身体，需要长期待在克里米亚的雅尔塔。面对分离，契诃夫对妻子并没有半分责怪，反而认为是自己的肺病影响了他们的生活。

　　1904 年 6 月 8 日，契诃夫在克尼碧尔的陪同下来到巴登威勒疗养。在这里，他们度过了最后一段时光。这年的 7 月 2 日，契诃夫告别了这个世界。他临终时对赶来的德国医生说："医生，我要死了。"这是契诃夫留给妻子的最后一句话。克尼碧尔在契诃夫去世后一直独自一个人生活。

---

14. 米奇诺娃是契诃夫的妹妹玛莎所任教中学的同事，有一次她去玛莎家做客时，认识了契诃夫，二人随后保持书信往来。

我与你相见之后，总觉得有些孤单

—— 契诃夫致克尼碧尔

我钟爱的女演员：

我来为你解惑。我已抵达目的地，一切顺利。结伴而行的朋友特意将下面的位置让给我，并且在他们的安排下，车厢包房中只有我和一个亚美尼亚人。一天之中，我不停地喝加了柠檬的茶，喝得不急不慢，不知不觉就把食物吃光了，但是有一个问题，就是我觉得在筐篮里翻吃的以及去打水喝显得有些滑稽。抵达雅尔塔之后，我就回到自己的房子安顿了下来。由于距离市区太远，自己做饭又不够严肃，吃饭很不方便，所以我不大吃午饭，晚饭我就只吃些干酪……

我与你相见之后，总觉得有些孤单，但我岂能屈服于这个念头，希望你能够尽早与我相见。雅尔塔这两天一直在下雨，外面变得泥泞不堪，如果出门的话不得不穿上一双雨鞋。因为潮湿，墙上竟有蜈蚣，花园中则活跃着青蛙和小鳄鱼。海面上远远驶来的舰队，进入我的望远镜。轻歌剧正在剧院内上演。我的囊中羞涩，时常会有拜访者。总而言之，在这里的日子空虚无聊，是无所事事的寂寞。让我紧握你的双手，让我的吻落在你的手上。愿你喜乐平安，愿你工作顺利，愿你畅快轻松。如果可以的话，希望你能记着我，你的一个虔诚的爱慕者。

契诃夫

1899 年 9 月 3 日

来我的怀里，吻你

——契诃夫致克尼碧尔

我的爱人、我的妻子：

我正在给你写信。如果不出意外的话，我就要去发电报了。昨天以及今天，我都觉得有些不舒服，不过今天的情况稍有好转，我勉强吃下一些鸡蛋和菜汤，除此之外就没再吃东西了。现在正下着雨，天气阴冷。虽说我不舒服，虽说天正在下雨，但我仍要拖着病体去牙医那里。

昨天苏沃林剧院的导演叶甫契希·卡尔波夫过来拜访我，我觉得他是一个碌碌无为的剧作家，他经常自以为是，觉得自己了不起。他们正在步入老年，我与他们在一起时，总觉得有些枯燥，他们的问候透着虚伪，总让我觉得难以接受。

我会在早上抵达莫斯科。我的棉被，我的美食，我对你的想念已泛滥成灾！

来我的怀里，吻你。

你要乖乖的，若是对我的爱已不再，对我已经没了耐心，请你亲口告诉我，不要勉强自己。

契诃夫

1904 年 4 月 22 日

很抱歉，我对你满是愧疚

——克尼碧尔致契诃夫

亲爱的：

作为你的妻子，我有苦难言。既然同你结为夫妻，我就理应放下个人的生活，但很抱歉，我对你满是愧疚，我的自私成为对你的不负责任。我是演员，或许就该老老实实待在舞台上，我就应该选择一个人生活，而不是将你与我捆绑在一起，因我的自私而让你备受折磨。

克尼碧尔

1903 年 3 月 13 日

露·安德烈亚斯·莎乐美

1861.2.12-1937.2.5

1880年，19岁的莎乐美来到瑞士的苏黎世大学求学，但一年后，莎乐美患上了肺结核，被迫停止学习，前往意大利调养身体。

在意大利疗养期间，莎乐美与玛尔维达夫人成为朋友。玛尔维达夫人是德国妇女解放运动的重要领导人之一。通过玛尔维达夫人，莎乐美结识了许多文化界的精英。与保罗·李的相识，也缘于玛尔维达夫人。

保罗·李与莎乐美都被对方所吸引，但是莎乐美所期望的是一段纯粹的友谊，而保罗却想与她共度一生。保罗勇敢地找到莎乐美的母亲表达了自己的想法。莎乐美得知保罗去提亲后，非常气愤，她直截了当地告诉他，只想和他做朋友。保罗无奈，只好答应和她做朋友。

保罗提亲一事让莎乐美的母亲开始为女儿担忧。为了避免女儿惹来更多不必要的麻烦，她要求莎乐美结束在罗马的疗养返回家乡。莎乐美不能接受自由受到干涉，保罗也不愿让她离开，所以保罗特地拜托玛尔维达夫人写信给尼采，并向他推荐莎乐美做他的助手。此时的尼采正饱受病痛的折磨，并且整日为能否顺利完成著作而担忧。收到玛尔维达夫人的信后，他接受了这个建议。

1882年，保罗安排莎乐美和尼采见了面。莎乐美给尼采留下了深刻的印象，他们完全被对方的智慧所吸引。后来，随着相处的时间越来越多，尼采对莎乐美的感情由欣赏转变为爱情。尼采知道保罗爱慕着莎乐美，但依然拜托保罗帮他向莎乐美转达他的爱意，保罗答应下来，同时也将尼采拮据的财务现状告诉了莎乐美。后来尼采不断向莎乐美求婚，但莎乐美担心尼采的状况会让她牺牲自己的独立和自由，所以一再拒绝。

1886年，安德烈亚斯出现了，他是一位研究东方语言的学者。当安德烈亚斯向莎乐美求婚遭到拒绝时，他直接将刀子插进了自己的胸口，用自杀的方式胁迫莎乐美接受求婚。莎乐美虽然接受了求婚，但也提出了自己的条件，比如，他们的婚姻里不能有性爱；她与保罗的关系必须不受影响等。对此，安德烈亚斯欣然接受。

莎乐美与安德烈亚斯订婚的消息使保罗受到了很大的打击，他选择退出莎乐美的生活。随后，里尔克进入了莎乐美的生活。在一次舞会上，里尔克顷刻间拜倒在莎乐美的石榴裙下。莎乐美在与里尔克交往时，发现了里尔克的闪光之处，她甘愿为他指路。

1900年，莎乐美和里尔克踏上前往俄罗斯的旅程，一同去拜访契诃夫、高尔基和列夫·托尔斯泰。此前，莎乐美也曾与里尔克一同去过俄罗斯。在与里尔克两次同行后，莎乐美意识到里尔克对她的依赖，她认为里尔克必须脱离她的指引，所以决定与他结束情人关系。这对里尔克是一个巨大的打击，伴随着迷惘与无助，里尔克在一年后与画家克拉拉·韦斯特霍夫完婚。

莎乐美和里尔克分手26年后，里尔克去世了。之后，莎乐美在写回忆录《生命的回顾》时写道："我是里尔克的妻子。"可见，莎乐美对里尔克并非薄情。

在我的脑海中，
存在着这么一个时刻，我渴望也敢于面对您

——里尔克致莎乐美

尊敬的夫人：

昨天，并非是我第一次获得允许与您共赏黄昏。在我的脑海中，存在着这么一个时刻，我渴望也敢于面对您。那个冬天，我的一切感受都夹杂在那间狭窄的小屋中。康拉德寄给我一封信，他让我仔细看一篇短评《犹太人的耶稣》的一些段落，他觉得那篇文章很有见地，或许我会感兴趣。不过，他说得不算完全正确，对我来说，兴趣已经难以打动我，真正使我动心的是一种信仰，它指引着我前行。终于，我的《基督—幻象》蕴藏着来自信念的力量，清晰地展现出来。这是一个独特的黄昏，我不得不又一次想到它。

您看，我尊敬的夫人，您的话语如此有力量，在听完您的话语后，我深感安慰，因为我的作品得到了您的认可，对我而言，这是一件庄重的事。在我看来，我伟大的梦想正在慢慢实现，您的文章与我的诗歌放在同处，就如同是愿望和现实的比对。

您知道吗，我曾无比期待昨天下午。就在昨天，其实我有机会将心中的话全部说给您听，或者在喝茶的时候称赞您几句，这原本很容易。然而，事实上，我一个字都没有说出来。到了傍晚时分，我想着能和您单独相处。现在，对于那片刻光阴，我深感慰藉。

我曾不止一次思考这个问题，如果一个人因某种宝贵的事物而对另一个人有所感谢，那么这就属于两个人不为外人所知的情感。

或许将来有一日，上帝会让我有机会将深藏在我内心的诗歌在您面前朗诵

出来，哪怕只有片刻，我也能获得十足的快乐。

明天，也就是星期五，如果您能够到园艺剧院来，我期盼着，能够在那里看见您，夫人。

但是，这些话其实早就藏在我的心中，是对您发自真心的感谢，现在能够亲口告诉您，作为对您的赞颂。

您的赖内·马利亚·里尔克

1897 年 5 月 13 日

在痛苦之外，你将获得快乐和慰藉

—— 莎乐美致里尔克

亲爱的赖内：

你的书《罗丹》寄来了，我开始去学习它。此时此刻，我隐约觉得在一段时间内我或许都不会再写信给你了，因为我想要心无旁骛地看完这本小书，它有几千页之多。我对它的喜爱之情无以言表，这着实让我有些吃惊。可以坦诚地说，在你所有公开发表的作品中，这是我最钟爱的一本。

不过，因为发生了一些事情，所以我决定还是要写信给你。恰巧手边有些旧的方格信纸，便马上动笔了。那封巴黎的信，对我来说，宛如一部作品，让我几乎忘记了你的存在。如今这部作品，悄无声息地进入我的生活中，成为我真实生活中的一部分。

具体而言，之所以会出现这种感觉，是在你告诉我巴黎的信不止这一封之后。彼时，我曾试图将这个问题思考透彻，为什么对你而言，这些都夹杂着无奈之感，对我而言，却多是积极的。如今，我读过《罗丹》这本书后，知道了其中的答案。

你在与罗丹相处时，沉醉于曾经的印象中无可自拔，即便当你脱离罗丹，你也仍旧带着当时的感受，强烈地影响着你的内心。所以，当你看待万物的时候，你一直都是以罗丹的眼光去审视。作为诗人，你却无法以罗丹的手法表现出来。从视觉的角度来讲，你的眼睛受到了刺激，产生了强烈的情感。如果你是一个雕塑家，那么你则可以释放这种情感。但是，如果真是如此的话，你的精神必然会有分裂之感。如果你只能模仿罗丹，追随着他的脚步，那么你便可以享受满足感。你的工作就会产生与众不同的东西，而时间越久，你能从自身挖掘出来的不同就越多。强调一下，你所惶恐不安的情绪，十有八九是因此而产生。两个艺术世界原本就有所关联，当它们尚未取得平衡之前，必然会有所牵扯。当你的世界受到雕刻艺术的重大影响时，作为诗人的你，本不需要工具来刻画的诗人世界，必然会产生内部的对抗。

曾经，你吃下这般苦果，但实际上，你也从中获得了很多新的东西。你为此感到迷茫，而我却正好相反。因为当你向我倾诉自己的痛苦时，也描述了你如今的样子。只不过，你该有的快乐尚未让你感受到，但这快乐迟早是属于你的。在痛苦之外，你将获得快乐和慰藉。

露

1930 年 8 月 7 日

玛琳娜·伊万诺夫娜·茨维塔耶娃

1892.10.8-1941

茨维塔耶娃14岁时，她的母亲因病去世，而父亲致力于创建博物馆，无暇顾及她和妹妹，所以她自小便自由自在，随心所欲地成长。茨维塔耶娃从小缺少关爱，长大后渴望遇到一个知心人。

17岁时，茨维塔耶娃爱上了大学生尼伦德尔，但这只是她的单相思，她因为无法承受尼伦德尔对她的冷漠，便带着一把枪，打算去正在上演《雏鹰》的剧院自杀。庆幸的是，子弹没有破膛而出，她躲过了一场悲剧。

18岁时，茨维塔耶娃自费出版了自己的诗集《黄昏纪念册》，一时间备受勃留索夫、古米廖夫、瓦洛申等大诗人的推崇。瓦洛申喜欢茨维塔耶娃的诗歌，便去她家中拜访，并把她带到了莫斯科的文学圈。瓦洛申邀请茨维塔耶娃和她的妹妹去他的别墅做客，在这里，茨维塔耶娃与谢尔盖·埃夫伦相遇，他们很快坠入爱河，半年后便结为夫妻。茨维塔耶娃将自己的第二部诗集《神奇的路灯》送给了谢尔盖·埃夫伦。

但他们结婚后却发现彼此并不合适，两个人性格迥异，志趣也不相投。这让茨维塔耶娃感到迷茫，她将埃夫伦视作心灵停靠的港湾，谁知现实却给了她沉重的一击。后来，他们有了女儿，她便将生活的重心转移到女儿身上，婚姻生活中的空虚感才渐渐被填补。

但对女儿的爱不能填满她所有的情感需求，茨维塔耶娃孤独地寻找着精神寄托。这一次，她遇到了女诗人帕尔诺克。帕尔诺克是同性恋，两人结识后，茨维塔耶娃便将爱倾注在帕尔诺克身上，但她们的爱情只持续了一年半的时间。分手不久后，茨维塔耶娃与朋友曼德尔施塔姆谈起了恋爱，但曼德尔施塔姆因承受不了她的偏执，最终选择了分手。

第一次世界大战爆发时，埃夫伦参加了沙俄军队奔赴前线，夫妻二人因此失去了联络。1921年，茨维塔耶娃收到了一封来信，寄信人是已经失联3年的埃夫伦。这让她重燃生活的希望，第二年她带着女儿来到柏林，和阔别已久的丈夫重逢。

1921年，迁居柏林后，茨维塔耶娃开始与俄罗斯的其他诗人进行书信往来。同年6月14日，她收到了来自帕斯捷尔纳克寄来的情书，一并寄来的还有他的诗集《生活，我的姐妹》。他在信中称茨维塔耶娃为"无与伦比的诗人"，并且赞赏她的诗集《里程标》。6月29日，茨维塔耶娃给帕斯捷尔纳克回信并寄去了自己的诗集《致勃洛克诗抄》和《离别》，同时寄出的还有她写的关于《生活，我的姐妹》的评论。8月份，帕斯捷尔纳克夫妇来到柏林，但是他们没有见到茨维塔耶娃，她当时正在布拉格。

1923年年初，茨维塔耶娃原本计划前往柏林去见帕斯捷尔纳克，但最终因护照的问题而取消了行程。1924年春，帕斯捷尔纳克给茨维塔耶娃写信表达对她的爱慕之情。在随后的回信中，茨维塔耶娃与他约定，明年春天在德国魏玛见面，可惜计划再一次落空。这年，帕斯捷尔纳克从父亲口中得知自己敬仰的诗人里尔克对他的诗歌称赞有加，便写信给里尔克，并在信中提到了茨维塔耶娃。随后，茨维塔耶娃同里尔克开始书信往来。

1926年5月9日，茨维塔耶娃第一次给里尔克写信，倾吐了对里尔克的深情。这一年，里尔克51岁，他在给茨维塔耶娃的回信中接受了她的倾慕，他们开始计划见面。然而，里尔克的身体状况不容乐观，而茨维塔耶娃生活拮据，无奈之下，他们只好将见面的计划暂且搁置。同年 9 月 6 日，病入膏肓的里尔克给茨维塔耶娃寄去了一封信，这封信是他写给她的最后一封信。直到里尔克去世，他们都没能见面。

1935 年 6 月，一直保持着书信往来的茨维塔耶娃与帕斯捷尔纳克终于在巴黎召开的国际保卫文化大会上见面。

1937 年，茨维塔耶娃与小儿子返回苏联，但她找不到一份可以养家糊口的工作，从前的老朋友也对她不闻不问。1941 年，走投无路的茨维塔耶娃带着儿子来到叶拉布加镇讨生活。同年 8 月，她选择了自杀，叶拉布加的山丘成为茨维塔耶娃的安息之处。

我会因你而痊愈

—— 茨维塔耶娃致帕斯捷尔纳克

亲爱的：

假如我告诉你，我无法同你一起生活，是出于理解。我的痛苦很真实，因为真实而使痛苦加剧，这是我难以承担的。我并非需要对自我忠诚，无须为此而奋斗终生。关于这个问题，我会用一生的时间去思考。与你在一起，我能做些什么呢？我们在任何地方过自己的生活，你确信步调一致就能够得到更多吗？

如果我跳出你的范围，从其他角度去理解你，但一旦我看透了你的一切，我就会不自知地轻视你。我会因你而释怀，也会因你而痊愈。

我找到了完全属于自己的一条道路，在这条道路上，什么都存在，唯独没有男人。我对男人不感兴趣，我不喜欢性，所以就请将我从你的眼中剔除吧。有不少人为我着迷，却没有人给我真正的爱，也没有人能够真正走进我的心里。

……

鲍里斯，如果我们在一起，或许会非常幸福，无论是在莫斯科、魏玛还是布拉格。亲爱的，放弃我吧，不要再因我而沉沦。不要再因我而烦忧，好好继续生活吧。

至于要不要给我写信，请你随意。作为你的朋友，我超越一切存在，现在以及未来。

……

我要动身前往邮局了。再见，亲爱的。

玛琳娜·茨维塔耶娃

1926 年 7 月 10 日

你本身就是一种语言

——帕斯捷尔纳克致茨维塔耶娃

亲爱的：

这是初恋之上的初恋，是世间最为质朴的爱。

我爱你，爱到忘乎所以，我的生命中仿佛除了爱你再也想不起其他事情。关于这个问题，我思忖良久，却始终得不出答案。你的美如此绝对，你存在我的梦中，你是我视线所及的一切。你本身就是一种语言，是诗人的毕生追求。你是一位大诗人，爱慕你的人将你视作一尘不染的神明。你独立于世间的万物。

帕斯捷尔纳克

1926 年 4 月 20 日

您的姓名自成一首诗

—— 茨维塔耶娃致里尔克

赖内·马利亚·里尔克：

我可否能这样称呼您？毫不夸张地说，您已经同诗歌融为一体，您的姓名自成一首诗。赖内·马利亚——您的名字如此与众不同，夹杂着诸多不同的意味。您的名字不属于过去或是未来，而属于远方。

从受洗之日起，您的一生就此拉开帷幕，为您进行洗礼的神父，尚且不知他面前的这个婴儿，将会长成何种模样。

在我喜爱的诸多诗人之中，您并非我最喜爱的那一位，您不属于任何人，您属于自然，属于宇宙，无法拥有，无法谈及爱，唯一接近您的方法是用心去感受您的气息。我在此谈论的，并非以人类身份存在的里尔克，而是以精神形式存在的里尔克，他的身份远不止诗人，对我而言，他名叫里尔克，是来自虚无的未来。

当您审视自己时，应以我的视角去看待自己。您的出现，改变了诗人为之奋斗的目标。从前，诗人以超越大师为目标，而如今，若是以您为目标，则等同于要跨过诗歌这座大山。诗人，或许就是要战胜生命的高度。

······

在此，我想向您介绍一下我自己。俄国爆发革命后，我离开俄国，来到布拉格，一路与您的书相伴。在布拉格，我第一次拜读了您的《早年诗选》。由于您曾在布拉格上学，所以我钟情于布拉格。

1922 年至 1925 年间，我一直住在布拉格，直到 1925 年 11 月前往巴黎，不知您当时是否也在那里。假使您在那里，我却没能去与您见面，原因是我对您的爱胜过万事万物。对您而言，我只是一个陌生人，这让我感到自卑，出于卑微的自尊心，我放弃了与您会面。又或许，当我站在您的门前，您用冷漠的眼光打量着我，这同样让我感到痛苦。您将我视作一位普通的俄国女人，而我则将您视作高高在上的天神。

......

我期待着您的大作，就如同期待一场暴风雨，同我愿意与否无关，它总会到来。您可知道我为何爱您，在我看来，您已经超越了人的范畴，而是宇宙中罕见的存在力。

对于我的来信，您可以不用回复。我懂得时间为何物，诗歌为何物，同样懂得信为何物。

赖内，我问自己，到底想从您那里获得什么。我明确告诉自己，不要或者要。请您允许我将目光追随着您，仰望着您。之前因为不认识您，所以我可以肆无忌惮那样做。但如今，我与您相识，我就希望能够得到您的许可。

我将给您写信，但不会考虑您是否愿意，我将在信中谈论许多事。在海边，我仔细阅读您的信，大海与我相伴，我同大海一道聆听您的来信。

附上我的两本书，即便您不会阅读它们，但恳请您将它们放在您的书桌上。

玛琳娜·茨维塔耶娃

1926 年 5 月 10 日

读过你的来信后，
便再难以将信笺放回信封，我渴望着一读再读
——里尔克致茨维塔耶娃

玛琳娜·茨维塔耶娃：

就在刚刚，你是否真的来过这里？就在 9 日，就在这永恒的一天，我敞开心扉，以我的灵魂、我的思想，接纳了你。你如同一片汪洋大海，而我也是如此，我们相互交叠。我全部想要对你说的话语，纷纷涌向你，一字一句都不甘落于人后。

读过你的来信后，便再难以将信笺放回信封，我渴望着一读再读，从中得到慰藉。在你的名字旁边，有人用天蓝色的笔写下"7"，而这是我的幸运数字。

我急切地打开地图册，不难发现，玛琳娜，在我心中的地图之上，我在莫斯科和托莱多之间的某处，为你创造了一个专属于你的空间，以此来确认你那片海洋的位置。玛琳娜，我已与你的来信融为一体。亲爱的，难道你拥有自然的力量？我能确切地感觉到，我似乎在很自然地以你的口吻说着"是"。你的话语同那高壮的夹竹桃一般，超越我，包围我。

你说，你所谈及的并非是作为人类的里尔克，我认同你的观点，因为我自己和他也并不相融。之前，我与我的躯体相处得还算融洽，我难以说清，到底是谁更善于写诗，是这副躯体，还是我，抑或是我们？如今，二者却一反常态，逐渐生出矛盾，如同身着不同的衣裳，全然不同。

赖内·马利亚

1926 年 5 月 10 日

于瑞士瓦尔蒙，泰里泰疗养院（沃州）

你仍在人间，时间还没过一昼夜

——茨维塔耶娃致里尔克 [15]

赖内·马利亚·里尔克：

一年以什么为结束？是以你的去世作为终点吗？抑或是开端？你本身就是崭新的一年。赖内，我的泪腺已经崩溃。亲爱的，在你死后，便不会再有生死。我不敢将你写给我的旧信翻出来阅读，因为我担心自己会追随你而去。

赖内，我仍能感受到你的气息，你可否会想起我？我希望你的回答是肯定的。明年是 1927 年，7 是你最钟爱的数字。我如此不幸，却又不准悲伤。亲爱的，可否时常进入我的梦中与我相会？或者，就直接活在我的梦境中。我们对于世间的相逢，向来存有疑惑，你先离去，这值得庆幸，因为我相信你是为了迎接我的到来，先行去为我准备好全部的风景。

我亲吻着你，你的唇，你的额头，你的脸颊，如同你活着时那样。亲爱的，用尽全力爱我吧，超越任何人，不同于任何人地爱我吧。不许你生气，你应当早已对我习以为常。你尚未走远，尚未离我远去，而且永远不会让我触及不到。在我这里，你永远是可爱的成年人。

赖内，给我写信好不好？虽然我明知这是一个愚蠢的要求。祝你新年快乐，愿你在天上纵享世间没有的景色。赖内，你仍在人间，时间还没过一昼夜。

玛琳娜·茨维塔耶娃

1926 年 12 月 31 日晚 10 时 于贝尔维尔

15.1926 年 12 月 29 日，里尔克去世，茨维塔耶娃写下了这封悼亡信，以此怀念曾经最真挚的朋友。

奥地利篇
AUSTRIA

莫扎特 / 弗洛伊德 / 里尔克 / 茨威格

Wolfgang Amadeus Mozart

Sigmund Freud

Rainer Maria Rilke

Stefan Zweig

沃尔夫冈·阿玛多伊斯·莫扎特

1756.1.27-1791.12.5

1756年1月27日，莫扎特出生在一个宫廷乐师的家庭。他的父亲是宫廷天主教乐团的小提琴手，也是一位作曲家，母亲也热衷于音乐。莫扎特年少时经常跟随父母参加旅行演出。

1773年，17岁的莫扎特结束了和父亲一起在欧洲的演出，回到萨尔茨堡。回国后的莫扎特，不满足自己奴仆乐师的地位，为了人身和创作自由，他在两年时间里做了很多激烈的斗争。在和母亲演出结束之后，莫扎特离开了萨尔茨堡，前往慕尼黑和曼海姆教学，并在曼海姆遇到了自己的初恋阿露西亚·韦伯。

莫扎特和阿露西亚·韦伯的相识缘于音乐。莫扎特在曼海姆找工作的时候，遇到了韦伯先生，也就是阿露西亚的父亲，莫扎特在工作上得到了这位民间音乐家的帮助，从此与韦伯一家熟识，并且和韦伯先生的女儿产生了感情。

莫扎特和阿露西亚相识时，阿露西亚在一家歌剧团工作，平时会演一些不起眼的角色。她的声音清亮纯净，莫扎特被吸引。为了能够让阿露西亚有更多展示自己的机会，莫扎特为她作曲，甚至一度耽误了自己的工作。莫扎特远在奥地利的父亲知道他的恋情后，一再写信反对他与阿露西亚交往，但他没有放在心上。最后，父亲逼迫莫扎特离开曼海姆，让他去巴黎发展。莫扎特来到巴黎后，没有找到发展的机会，便重新回到曼海姆，可惜阿露西亚已经嫁给了演员朗格，他不得不选择离开。

后来，阿露西亚的妹妹康斯坦泽出现在莫扎特的生活中，她给心灰意冷的莫扎特带来了温暖和欢乐，莫扎特对她产生了深切的依赖，两个人渐生情愫。但是这次，双方的父亲都反对这桩婚事。莫扎特的父亲担心婚姻会影响他的事业发展，而康斯坦泽的父亲则担心女儿嫁给莫扎特会受苦。因此，莫扎特与康斯坦泽的婚事被暂时搁置。

莫扎特没有因此消沉下去，他全心投入到音乐创作中，写下歌剧《后宫诱逃》，并且通过他的安排，康斯坦泽担任了这部歌剧的女主角。此剧大火，莫扎特一时名声大噪。康斯坦泽的父亲终于同意了他们的婚事，不过莫扎特的父亲依旧不同意，但莫扎特并不理会父亲的反对，在 1782 年 8 月，与康斯坦泽悄悄举办了婚礼并定居维也纳。

莫扎特与康斯坦泽的婚后生活喜忧参半，虽然夫妻俩感情和睦，但因莫扎特没有稳定的经济来源，而两人都喜欢时髦的衣服，在生活上开销很大，日子过得十分拮据。

1791 年 12 月 5 日，莫扎特去世。1809 年，康斯坦泽嫁给了在丹麦大使馆工作的尼森。人们对此有诸多不满。但康斯坦泽是以另一种方式爱着莫扎特，在莫扎特去世后，她竭尽全力地出版莫扎特的作品，而尼森则为莫扎特写了一部传记。

你的心情愉悦，我的心情才能愉悦

——莫扎特致康斯坦泽

亲爱的宝贝妻子：

我想有必要和你静下心来好好交谈一番。说真的，你不必烦恼，你的丈夫全心全意地爱着你，并且竭尽所能地照顾着你。你的脚会好起来的，只要你稍微忍耐一下。你的心情愉悦，我的心情才能愉悦。不过坦诚来讲，我希望你能克制一下自己，不要过于轻浮。希望你能言而有信，记住自己曾经向我承诺过的一切。

我向上帝祈祷，希望你能愉快，同时以轻松活泼的心态面对我，让我不必再被嫉妒所困扰。你要明白我的心意，这才是我们爱情的真面目，我们一定会过上幸福的生活。

莫扎特

西格蒙德·弗洛伊德

1856.5.6-1939.9.23

1882 年 4 月，弗洛伊德在维也纳大学获得医学学位并顺利毕业。不久后，弗洛伊德遇到了妹妹安娜的好朋友玛莎。玛莎的家境优渥，她的祖父伊萨克·贝尔奈斯曾是驻汉堡的犹太正教领袖，备受诗人海涅的推崇。弗洛伊德对玛莎一见倾心，很快便开始追求玛莎。弗洛伊德为了讨玛莎的欢心，每天都会挑选最艳丽的玫瑰送给她，并且附上一张精致的卡片，上面有他用西班牙文、德文或是拉丁文写的一句话。两个月之后，弗洛伊德与玛莎私订了终身，半年后才告诉各自的家人。

但随着他们在一起的时间增多，弗洛伊德和玛莎开始相互猜忌，争吵成了家常便饭，但两人依然彼此深爱。为了记住生活中的美好，他们特意准备了一个笔记本，轮流记录生活中发生的事情。他们日后拿出来翻看时，可以提醒彼此不忘初心，珍惜感情。

订婚后的 3 年里，弗洛伊德与玛莎身在异地。为了缓解相思之苦，弗洛伊德基本上每天都要抽出时间给玛莎写一封信。玛莎钟爱哥特式文体，他便投其所好，每封都是长信，少说也在 4 页以上，多则二十几页。在信中，弗洛伊德将自己的所思所想详细地讲给玛莎，其中也包括后来他那些享誉世界的观点。

弗洛伊德一直没有稳定的经济基础，玛莎的母亲为女儿着想，不愿她嫁过去受苦，所以迟迟不肯答应他们结婚，婚事一拖再拖。1886 年 4 月，弗洛伊德通过努力，在维也纳开了一家医馆。5个月后，他们迈入了婚姻的殿堂。

在1887年到1891年间，弗洛伊德与玛莎先后生下3个孩子。虽然家庭人口多，但弗洛伊德凭借自己经营的诊所，基本可以应付一家人的生活开支。1891年，弗洛伊德一家迁居至维也纳，以实惠的价格租下了柏格街19号的两层楼，用于生活和工作。在这里，他们又生了3个孩子，一家人其乐融融。弗洛伊德在这里开创了精神分析学派，享誉海内外。

弗洛伊德与玛莎的婚后生活颇为甜蜜，即便有了孩子之后，他们之间的甜蜜也有增无减。弗洛伊德曾经说过，如果玛莎先他而去，他的生活依旧可以继续，但他将陷入无边的黑暗中。

你会随意地瞅我一眼，还是会赏一个吻给我？

——弗洛伊德致玛莎

高贵的女主人，可爱的宝贝：

你或许不知道，你的来信让我欢欣鼓舞，因为你同意我去与你见面，此刻我正被巨大的幸福感包围。我已经开始准备启程，迫不及待地想知道，你会随意地瞅我一眼，还是会赏一个吻给我？我想，你应该不会因此怪我，毕竟即便是陌生人都有机会享有各种优待，所以希望你赐我的不仅仅是一个吻。英国诗人莎士比亚创作出许许多多的戏剧，有悲有喜，他也曾向爱人发出呼唤，要珍惜当下的时光，切勿为不可预知的未来而浪费了大好青春。

……

你的仆人恳请你，尽快允许他去往你的身边。我会在星期天的早上8点钟顺利启程，但我害怕在星期二的6点之前仍不能抵达。我对毫无秩序可言的交通毫无办法，实在难以从杂乱的道路中寻到正确的那一条。早上，我吃了早饭，并洗漱一番，免得让你误以为我是黑人。希望你还能如往常一样去那片小树林中散步，这样一来，我就可以在没有第三人在场的情况下向你问好。只要我们能够如约见面，那么接下来的安排也就会明朗起来，我就不在信中赘述了。

但愿你的表兄马科斯能够把你带出来，如果他能做到，我会感激不尽。不过，他只须带你出来就好，我不希望他打扰我们相聚的时光。我不愿意在亲吻你的时候旁边还有别人，如果他与我们在一起，我就不能正常与你交流。

当你见到我时，请你不要对"他"要求太过严苛，"他"穿着一件老旧的灰色上衣，一条浅色的裤子，或许还会有一顶便宜的毡帽。你哥哥的旅行袋太小，放不下太多的东西。我的那件上衣在你的抚摸下，变成了一件圣物。还有一根你熟悉的手杖、一个装着你照片的小包，以及一枚戒指。当然，我还会带一些钱。

如今，我们终于可以光明正大地介绍彼此，我是你的未婚夫，你是我的未婚妻。8月4日便是你的生日，我已经挑选好了一件首饰作为礼物。每次我从店外走过时，一眼便能看见它，不过，我打算等临近你生日时再把它买回来。你的骑士带着满腔热血而来，没有武器，只是片刻都不愿再等，想着尽快见到你。我会告诉你，我对你有多么忠诚，我愿意用生命守护你。

亲爱的玛莎，这是一封带有中世纪文风的书信，今后怕是不会再出现了。现在的我，就如同去朝拜公主而被恶龙囚禁的骑士。书信这般长，你是否感到厌烦了呢？亲爱的玛莎，请你见谅。如果能够让你了解我的心情，那该有多好。当然，我会持有理性，顺利来到你的身旁。我的宝贝，赐我一个吻吧，再赐一个吧。盼着与你愉快地见面。

你的西格蒙德

1882 年 7 月 14 日

维也纳

赖内·马利亚·里尔克

1875.12.4-1926.12.29

1897 年的一个傍晚，在朋友的介绍下，里尔克在慕尼黑与莎乐美相识。当时的里尔克还没有名气，莎乐美已是结婚 10 年的女人。那时的莎乐美堪称光芒万丈，尼采等诸多名流拜倒在她的石榴裙下，她的情感纠葛也很纷杂。

莎乐美对里尔克产生了深远的影响。她是一位女权主义者，较之其他传统女性，她特立独行，极具个性，思考方式与生活方式都与众不同。莎乐美虽然已经结婚，但对于婚外恋却表现出包容的态度，坚持认为婚姻中的肉体关系是她自主性的最大敌人。

里尔克甘愿成为莎乐美的情人。在他心中，莎乐美不仅是魅力四射的女神，还是无可替代的母亲。但是，里尔克对莎乐美的深情与依赖，让莎乐美不堪重负，最终选择与他分手。

1901 年 4 月，里尔克与雕塑家克拉拉·韦斯特霍夫结为夫妻。同年 9 月，里尔克开始撰写诗集《定时祈祷文》的第二部分，与此同时，他的《日常生活》在柏林上演。

因为克拉拉曾师从雕塑家罗丹，在他们结婚一年后，里尔克前往巴黎，接受关于罗丹的研究工作。婚后的数年，里尔克与克拉拉聚少离多，依靠书信来维持联络。与其说是夫妻，不如说是笔友。

后来，里尔克与克拉拉的感情渐渐走到了尽头。为了离婚，两人耗费了大把的时间和精力用在打官司上，直到1914年1月，法官依旧没有准许他们离婚。虽然没有离婚，但两人的婚姻已经名存实亡。就在里尔克忙着离婚的时候，一位女读者的信敲开了里尔克的心扉，她在信中直白地表达了对他的爱意。

这位与里尔克素未谋面的女读者使用的名字是玛格达·冯·哈汀贝格，她身在维也纳，是一位钢琴教师，她的婚姻状态和里尔克相差无几。于是，两个相同境遇的人开始频繁以书信和电报来往。

因为玛格达，里尔克对爱情迸发出新的渴望。他在信中的口吻愈发亲密，言辞也愈发炙热，他会亲切地称呼玛格达为"妹妹"。玛格达无法抗拒这份热情，对里尔克的称呼由"您"变成"你"，两个人的感情逐渐深厚，成为精神上的恋人。后来，里尔克听说玛格达在柏林，便不顾一切地前往柏林。他们见面后，在柏林过上了同居生活，将缠绵情意从笔间延伸到了现实生活中。

里尔克把她介绍给自己的朋友，带着她四处旅行，每天晚上都会为玛格达念一首情诗。对于这段甜蜜的恋情，里尔克不遗余力，恨不得让全世界都知道他的爱情美满，但是，热情总有消磨殆尽的一天。1914年5月4日，里尔克与玛格达分手。于是，里尔克离开柏林，返回巴黎。不久，他又离开了巴黎，去了德国。他想去哥廷根看莎乐美，去慕尼黑治病，顺便在慕尼黑见妻子和女儿。

1914年7月19日，里尔克来到哥廷根，莎乐美早早来到火车站等候他。作为里尔克的心理医生，莎乐美知晓里尔克的内心。他们相约，几天后在慕尼黑再相会，但战争的爆发让这次约定落了空。

里尔克的身体状况并不好，他患有抑郁症和肺病。在医生的建议下，里尔克来到慕尼黑的一家温泉疗养院疗养。在这里，里尔克遇到了新的爱情——露露·阿尔伯特拉萨德。她是一位年轻的画家，已身为人妻，丈夫是事业有成的商人。

里尔克准备离开疗养院时举办了一场告别宴，在宴会上遇见了露露。遇见露露之后，里尔克便不急着离开了，已经收拾妥当的行李也重新归置好，他热烈地投身于和露露的爱情中。在露露面前，他毫无保留，过往的每一段经历，他都向她一一倾诉，唯恐不够细致全面。露露同里尔克一样沉浸在这段感情之中，为了能够有更多时间与里尔克在一起，她将女儿交给祖父代为照看。

　　1914 年 10 月初，露露的丈夫得知妻子出轨后，迅速赶到了慕尼黑。出人意料的是，丈夫原谅了妻子的红杏出墙，并且同意与她离婚，给她自由。可是，不久之后，里尔克却厌倦了这段感情。在一次旅行中，里尔克向露露提出了分手。

我是你的，如同点缀夜空的那一颗渺小的星星

——里尔克致莎乐美（节选）

尊敬的夫人：

……

或许多年之后，您会彻底认识到，您对我的意义有多么重大，就如同口渴之人的清泉。如果这个马上就要被渴死的人心怀善念的话，他会满怀感激，饮下清泉的水，在清泉的庇护下，他会在一旁修建一间茅草屋，听着清泉的歌唱。

我的清泉，我对您满怀感激。除非有您在，否则我无心欣赏其他的鲜花和天空。您的视线所及，都那么美，这是因为有您的存在，如同童话故事中的场景。

在您的身旁，有轻轻摆动的鲜花，有蔚蓝的天空，曾经我不得不忍受没有您在的地方，那里太阳暗淡无光。如今您在我身旁，您澄净的心灵感染着我。我希望能够通过您而重新感知这个世界。如此一来，我所看见的便不再是世界，而一直是你！

……

我是你的，如同点缀夜空的那一颗渺小的星星，即便夜空对此并不知晓。

您的赖内

1897 年 6 月 9 日

你是我通向野外的大门

——里尔克致莎乐美

亲爱的露[16]:

请允许我如此揣测:你大概是在期盼着我的信,要不然无法解释大信笺,我无论如何无法用小信笺写信给你。

今年秋天,布萨特尔在我面前提及你,但是,你也能想到,他也只知道你的一些事情,不足以说清楚全部。不过,我能确认的是,你现在很好。

你知道,我向来急于谈论有关自己的话题,我私以为,你一定乐于倾听,所以,你可以再倾听一次吗?

……

近两年来,你该清楚我是如何隐忍度日。起初,我甘愿忍让,一次又一次提升忍耐的限度。我曾在迷惘中沉沦,对此感受颇深。如罗丹在 70 岁的时候到了创作瓶颈期,之前的辉煌好似一去不复返,反倒是被一些无用的琐事绊住手脚,到了老年,落得可笑又可悲的境地。对我而言,我又该如何自处呢?感到疲倦时,放松几日便可以解乏。随后,生活的苦闷又在继续,又跌入新的深渊中。

……

亲爱的露,当我试图向他人寻求心灵上的帮助时,总是以失败告终,这让我感到挫败和惆怅。实际上,我本就无需他们的帮助。完成《马尔泰》以后,我常盼着有人能为我开口,当我意识到这想法后,认为这不是一个好的现象。

16.这封书信是里尔克写给莎乐美,而不是写给露露的,莎乐美的全名是露·安德烈亚斯·莎乐美。

我心怀愧疚，回忆起在巴黎的时光，那段创作《新诗集》的时光，彼时，对人对事我都不曾有过期待，当全世界向我涌来时，我只是以更出众的作品作为回馈。

……

亲爱的露，你有何感想？你之前可有所察觉？在你写给我最近的一封信中，你提到："你还走得这样远。"那么，或许不继续向前，只为避免糟糕的以后，就此止步吗？我该如何做？

……

再见，亲爱的露。天主知道，你是我通向野外的大门，如今我仍倚仗那个门框，上面有我成长的足迹。请允许我保留这个无伤大雅的喜好，请多关照。

赖内

1911 年 12 月 28 日

奥地利海岸地方纳布莱希纳近郊杜伊诺城堡

斯蒂芬·茨威格

1881.11.28-1942.2.22

1919 年，38 岁的茨威格隐居在萨尔茨堡埋头写作。第二年，他偶然认识了女作家弗里德利克·封·温德尼茨。温德尼茨有过一次婚姻，并且有两个孩子，但这些并不影响茨威格对她的爱。随着交往的深入，茨威格与温德尼茨的感情持续升温，最终组建了属于自己的家庭。在茨威格眼中，温德尼茨是个善良可亲的人，并且她很注重构建自己的精神世界，这与茨威格不谋而合。

1934 年，茨威格被纳粹驱逐出祖国，开始逃亡的生活。逃亡后，茨威格与温德尼茨分居两地。因为不能长期相守，他们的感情渐渐变淡，最终和平分手。

从 1920 年结婚到 1938 年离婚，这段时间是茨威格创作的高潮。这期间，他先后创作了小说集《热带癫狂症患者》，收录了《热带癫狂症患者》《奇妙之夜》《一个陌生女人的来信》《芳心迷离》等小说；发表文章《匆忙的静中一瞥》；发表小说集《情感的迷惘》，收录《情感的迷惘》《一个女人一生中的二十四小时》《一颗心的沦亡》等 6 篇小说。

1940 年，离婚后的茨威格继续自己的逃亡生活，之后，茨威格在巴西安顿下来，并且与第二任妻子伊丽莎白·绿蒂一起生活。当时的法西斯势力非常强大，这让茨威格感到绝望。1942 年，茨威格完成自传《昨天的世界》。同年 2 月 22 日，在里约热内卢近郊的佩特罗波利斯小镇的寓所内，与伊丽莎白·绿蒂一起服药自杀。

胜利的希望如此渺茫，我们的青春就此被耽误了

——茨威格致温德尼茨

我亲爱的弗里德利克：

许久没有收到你的来信了，据我所知，由于战争几乎征用了所有快船，所以去巴西的信件被搁浅了。我没有太多事情要说，我郁闷的是，受两次世界性灾难所扰，胜利的希望如此渺茫，我们的青春就此被耽误了。

战争仍在继续，一个月的时间而已，许多国家多年累积的财富被摧毁，战争强势改变着这个世界。我为以后担忧，迟暮之年将注定饱受不安的折磨。我也为女儿和女婿担忧，他们将面临失业的困境。

此处正值夏季，气候宜人，傍晚会有凉爽的风，白天则有壮丽的风景。我的健康尚佳，每天的生活平静悠闲，读书或是散步，陪伴我的是一只聪明听话的小狗，对我很热情。

来往的书信在不断减少，周遭的人都沉浸在各自的烦恼中，若是没有重要的事情要说，也就不愿提笔写信。由此来看，世界动荡之中，个体作为渺小的存在，又有什么事情算得上重要。

……

我从阅读中寻求寄托，那些历经岁月考量后的古老的书，尤其深得我心，唯一遗憾的是，无法与其他人交流。我们周遭的大部分人，对目前正在发生的事情以及即将发生的事情，并没有清楚的认识。他们尚且认为，战争过后所迎来的和平可以让战争之前的生活继续，可惜事实并非如此。

我希望你的写作正在有序进行着，尽量不要现在寄给我，邮寄的时间会很漫长，并且还有丢失的风险。巴西目前还没有参与战争，但对于来自参战国的

居民有一些限制，不过生活仍旧富足。4 月份之后，我还没有确定是否要继续租住现在的房子，如果计划有变，我会在第一时间给你消息。向你给予最衷心的祝福。

斯蒂芬

1942 年

此刻我所享有的安宁和幸福，你一定都懂

——茨威格致温德尼茨

我亲爱的弗里德利克：

愿你展信愉快，当你阅读这封信的时候，我的情绪较之以往要好一些。之前，我饱受抑郁症的困扰，已然严重影响到了我的工作，我无法集中精力做任何事情。我确信这场战争还要持续下去，而且会持续多年，我们的家园也会因此受到重创，这些事情让我感到绝望。我缺少必要的书籍，原本可以享受孤独，现在孤独却成为我的负担。关于我正在撰写的《巴尔扎克传》，或许永远没有机会完成了，丰富的资料和平静的时光，二者缺一不可。这场战争显然还没有进入高潮，但我身心俱疲，实在无法承受这一切。

至于你，还有孩子需要照顾，而且有着广泛的兴趣爱好，我相信你会看见美好世界的回归，希望你能理解我无法再苦苦等下去。在落笔写下这几行字时，已经是我生命的最后时刻。你应该不难想象，做出这个决定后，我是何等快乐。

吻你，爱你，不要因此而感到沮丧，不要因为我而抱怨这个世界。

希望我的思念和我的情谊，能够帮助你坚强起来。此刻我所享有的安宁和幸福，你一定都懂。

斯蒂芬

1942 年

其他
OTHERS

裴多菲 / 诺贝尔 / 梵·高 / 乔伊斯 / 卡夫卡
纪伯伦 / 萨尔瓦多·达利 / 弗里达·卡罗

Petöfi Sándor

Alfred Bernhard Nobel

Vincent Willem van Gogh

James Joyce

Franz Kafka

Kahlil Gibran

Salvador Dali

Frida Kahlo

裴多菲·山陀尔

1823.1.1-1849.7.31

　　1844 年冬季，裴多菲与 15 岁的少女爱德尔卡相遇，他们一见钟情。他们相识后不久，爱德尔卡突然患病去世了。裴多菲在爱德尔卡逝世后的两个月里，写了许多悼念她的诗篇，最终结成一本诗集——《爱德尔卡坟上的柏叶》。

　　在爱德尔卡逝世半年以后，裴多菲爱上了一个地主的女儿麦德尼阿斯基·伯尔娜。她的美，使裴多菲从爱德尔卡去世的悲痛中走了出来。麦德尼阿斯基非常喜欢裴多菲的诗，但并不喜欢裴多菲的瘦弱多病和穷苦。

　　1846 年的秋天，裴多菲在舞会上对森德莱·尤丽亚一见钟情。不久之后，裴多菲向尤丽亚求婚，尤丽亚也接受了他的爱，最终她的父亲森德莱·依格诺茨却极力反对女儿嫁给一个贫穷的流浪诗人。最终他们还是冲破重重阻碍结了婚。

　　两人结婚后，定居在布达佩斯。裴多菲夫妇婚后的生活十分安逸。他不仅有一个美丽善良的妻子，更重要的是他们还有共同的理想与生活目标。婚后的尤丽亚勤奋好学，裴多菲为她写下许多爱情诗歌，包括《给尤丽亚》《我是一个热恋的人》《我见到东方最艳丽的花枝》，还有现在广为流传的爱情诗《自由与爱情》。这个时期的裴多菲，诗歌创作量达到了高峰。婚后一年时间，他写了 157 首抒情诗。

　　1849 年 1 月 15 日，裴多菲告别妻儿，去特兰西瓦尼亚参加贝姆军队。半年后，裴多菲在瑟克什堡大血战中同沙俄军队作战时牺牲，年仅 26 岁。

哪怕只言片语，都胜过没有来信

—— 裴多菲致尤丽亚（节选）

亲爱的甜心尤丽亚：

在连续6天的行军后，我又回到了这里。我现在身心俱疲，连握笔的力气都快没有了，手止不住地颤抖着。之前写给你的两封信可否收到了？有一封就是在这里寄出去的，另一封是在凯兹迫一瓦沙尔赫基。现在，我只能简明扼要地讲述一下我的旅途。

......

亲爱的人，你一切可好？我热切地盼望着能够收到你的消息。我的爱人，如果可以的话，请你一定要给我写信，哪怕只言片语，都胜过没有来信。我一旦有机会就会给你写信的。我们的儿子断奶没？你要教他说话，我等着关于你们的消息。让我千万次地、无数次地吻你们，拥抱你们！

宠爱你的丈夫：山陀尔

1849 年 7 月 29 日

马洛什一瓦沙尔赫基

阿尔弗雷德·贝恩哈德·诺贝尔

1833.10.21-1896.12.10

诺贝尔一生没有妻室儿女，他曾经有过三段感情。

第一段感情是在青年时期。诺贝尔在欧美旅行时，邂逅了一位法国姑娘，并与之相恋，但不幸的是，在他们恋爱后不久，她就病逝了。

第二段感情是在1876年。43岁的诺贝尔喜欢上了他的秘书——奥地利大元帅弗兰兹·金斯基伯爵的女儿伯莎，但是伯莎已心有所属，这段感情最终转化成了友情。

第三段感情也是在1876年。这一年，诺贝尔去奥地利旅行，认识了在花店工作的莎菲娅。在诺贝尔看来，莎菲娅单纯漂亮，两个人迅速坠入爱河。但后面的发展却是诺贝尔始料未及的。莎菲娅出生在一个贫穷的家庭，从小没有受过良好的教育，有了诺贝尔的照顾之后，她便从花店辞职，开始了另一种生活。面对巴黎的繁华，莎菲娅沉迷其中，开始肆无忌惮地挥霍，到处欠账。诺贝尔不得不跟在她后面到处还账，对此他心生不满，他们时常为一件小事争吵。诺贝尔专注于自己的科学研究，时常会有科研成果问世，专利也接连不断，但感情上的挫败直接影响着他的工作。

原本对莎菲娅寄予厚望的诺贝尔，深刻认识到自己与莎菲娅的差距，两人在家庭和事业方面都存在着巨大的差别，他没办法向母亲交代自己的感情。思前想后，诺贝尔决定放弃与莎菲娅的感情。但是，当莎菲娅出现在他的面前时，他又犹豫了，他仍旧无法放弃她。

为了让莎菲娅安分下来，诺贝尔在伊斯基尔为她购置了一套别墅，并且称呼她为"莎菲娅·诺贝尔太太"。莎菲娅不仅没能体会到他的良苦用心，还四处炫耀自己的别墅，诺贝尔倍感无奈。在诺贝尔的包容下，莎菲娅愈加放肆，她和一位奥地利军官纠缠在一起，还生下了军官的孩子。这次，诺贝尔终于下定决心与她一刀两断。与诺贝尔分手后，莎菲娅与孩子的父亲举行了婚礼，但她遇人不淑，婚礼之后军官就不知所终。面对陷入生活窘境的莎菲娅，诺贝尔不忍心置之不理，一直接济她，甚至为她创建了一份终身基金，以确保自己去世后她不会为生活担忧。

诺贝尔去世之后，莎菲娅向他的遗嘱执行人拉格纳·索尔曼[17]索要一大笔钱，并要挟索尔曼如果不能如她所愿，她就将诺贝尔写给她的信卖掉。考虑到诺贝尔的名声，索尔曼只能花大价钱买下这些信。

17.拉格纳·索尔曼，诺贝尔的助手，诺贝尔基金会执行理事长。

比起我自己的幸福，我更加在意你的幸福

——诺贝尔致莎菲娅

我心爱的姑娘：

昨天没能见到你的来信，我与你相隔又那么遥远，现在的季节不利于你的健康，为此我忧心忡忡。北方正是阳光明媚之时，温暖如春，希望你那里也是如此。

我的宝贝，你向我抗议，说我的来信只有只言片语，而且吞吞吐吐。我只能说，我不能告诉你其中的原因。这样做，我也有自己的苦衷。在我看来，男男女女都以自我为中心，尤其是女人，一心只为自己。但是，你却不是这样的，所以我不得不控制自己的感情，迫使自己冷漠待你，或时不时就冲你发火，以避免你对我的感情有所积累。

或许你相信自己是爱我的，但实际上，可能只是对我的感激或是尊重，这样的感情绝对不是爱情。也许有一天，你会发现自己真正爱的是别人。如果我将你困在我的感情中，到那时你必定会怪我自私。因此，我必须保持理智，束缚住自己的感情。你常抱怨说，我的心如石头般坚硬，但实际上我遭受着巨大的压力。这些年来，我在寻找另一颗心，但绝不是21岁的年轻人。你的生命正在走向灿烂，而我的则在走向没落。这就是我们无法相爱的原因，但不妨碍我们成为挚友。

我为你的前程担忧，假使你所爱之人是一个年轻人，正好他也爱你，那么我与你的这种关系就会成为你幸福的阻碍。我清楚的是，你并不在意旁人如何看待你，这对你而言是一种福分，避免了许多忧愁，但我却不能对此不管不顾。

当我考虑到这些事情时，我就烦躁不安，所以看见你就觉得气愤，你走后

我又觉得落寞。虽然我的许多烦恼都是因你而生，但你在我心中依旧是温柔体贴的姑娘。我欣赏你，所以比起我自己的幸福，我更加在意你的幸福。说到这里，我心里隐隐作痛。不过，我的孩子，生活正冲你微笑，这是你莫大的幸运。你目前所感受到的失意只是一时的，不久之后，你将一切顺利。为了能够拥有真正的幸福，你必须在学业上加倍努力。

诺贝尔

文森特·威廉·梵·高

1853.3.30-1890.7.27

1869 年，梵·高 16 岁时，经叔父介绍在一家美术用品行当小职员。梵·高天生勤奋，工作不久后便晋升被派往伦敦。在伦敦，房东的女儿爱苏拉宛如一束阳光，进入他的生活。19 岁的爱苏拉，甜美可爱，与她朝夕相处中，梵·高对她心生爱意。

可惜，这段感情只是梵·高的一厢情愿。他向爱苏拉求婚，但爱苏拉拒绝了他，并且态度坚决，没有回旋的余地。被拒绝的梵·高痛苦不堪，甚至影响到他的工作。不得已之下，他辞掉了在伦敦的工作。

梵·高回到了故乡阿姆斯特丹。踏上这片熟悉的土地时，他的心还残缺不全，可一个人的出现，拯救了他的灵魂。从未见过面的表姐凯伊，正同儿子一起暂住在阿姆斯特丹。凯伊与梵·高年纪相仿，也同样痴迷于阅读，两人常常在一起聊天，分享一些见解。凯伊热切地鼓励他画画，并在他作画时，相伴左右。她成为美好的化身，轻抚他的伤痕，并激发了他源源不断的创作灵感。

但凯伊对他并无男女之间的那种爱恋，所以当他鼓足勇气向她表达心意时，换来的是凯伊的气愤。梵·高再次陷入痛苦中，而他依旧执着。凯伊对他避而不见，他便用煤油灯灼伤自己的手，凯伊的父亲将火光吹灭，坚决地对他说："你永远不可能和她在一起！"情感上的又一次挫折，令梵·高的心情很低落，沉重的悲伤笼罩着他，唯有绘画能让他稍加振作。

梵·高的经济一直很拮据，只能勉强度日。他用弟弟提奥寄来的 40 法郎置办了画布和颜料，然后依靠余下不多的钱，努力地活下去。

在暗淡的人生光景中，梵·高爱上了一个名叫西恩的女人，他接纳了她曾卖身度日的历史，对周遭的鄙视不屑一顾，竭尽全力地爱着她，细致入微地照顾着她和她的孩子。

西恩有时会担任梵·高的模特，她的生命在他的笔下变得鲜活，有时还会为梵·高洗手做羹汤，打理家务。如此种种，触碰到了梵·高心中最柔软的角落。两个人同居一处，相拥取暖，梵·高从中体会到了家的感觉。西恩的出现，对梵·高的意义重大，给予了他获取新生的勇气。

梵·高与西恩约定：当梵·高每月能够有 150 法郎的稳定收入时，他们便结婚。怀揣着光明的愿景，梵·高努力地画着。可惜，西恩曾经的妓女生涯毁掉了她的健康，她不得不依靠大量营养品调养虚弱的身体，而梵·高痴迷于绘画创作，大部分收入都用来购置颜料和雇用模特，久而久之，矛盾一触即发。无可奈何下，无法兑现承诺的梵·高，迫不得已放弃了与西恩的感情。

后来，梵·高在亲友的建议下到了纽南，在这里，他与玛歌相遇。玛歌对梵·高一见钟情，遍历周折后，梵·高无比珍视这段感情。但梵·高和玛歌的爱情仍没能冲破来自玛歌父母的阻力，家人的反对使得这段恋情无疾而终。

若不能与你同在，世界对我就是一片苍白

——梵·高致爱苏拉（节选）

亲爱的爱苏拉：

　　昨日午夜梦回，来到伦敦故地重游，悄然来到你的门前，想着、念着。我是一个乡下教会职员，而你是我贤惠的妻子，全心全意支持我的工作。我脑海常浮现与你有关的画面，你嫁与我为妻，朝夕相伴，与我一同在贫民窟进进出出。上午我醒来，念及梦中种种，思你心切。每晚我都会狠狠拍打我的手，阻止它打开门向你飞奔而去。不得不将自己反锁在家中，忍耐了15分钟后，已在不知不觉间身处旷野，在直奔你家的路上。

　　当我在伦敦孑然一身时，你是属于我的，这种感觉如此强烈。

　　爱苏拉，几乎每个周末，我都会孤身一人，徘徊在伦敦的路上。每逢星期五及星期六，我会用整个晚上的时间不停地走着，只为赶在星期日的清晨，在你去教堂做礼拜时，隔着来往的人群远远望着你。爱苏拉，我的身心全由你做主，若不能与你同在，世界对我就是一片苍白。

　　在隆冬的漫天大雪中，我透过窗口，望见你的身影轻巧地走过客厅。主灯熄灭后，卧房的灯也跟着熄灭了，一时间黑暗笼罩了整座屋子，你的文森特仍伫立在你的窗门外，你可知道？心下凄然，跌跌撞撞走进暴风雪中，没有多余的钱去住旅馆、买食物……又是一整夜步行……生了病，昏昏沉沉不知所以。然而到了星期五的晚上，竟莫名地好了起来，不敢稍加懈怠，又踏上了去往伦敦的路上。路途漫长，全凭你的微笑和亲吻做支撑。

　　我发誓不再去你家，可当我身在你家巷口时，已然靠近你，就连空气中都弥漫着你的味道。有一种强烈的感觉，此时此刻，你正在阳台上注视着我的一

举一动，随即转身向长窗，不顾一切地奔向我，以温柔的怀抱接纳我……如此隐秘地相见，让我的意志消沉。

我爱你，爱苏拉，愈是爱得深沉，愈是如此执迷不悟。

我爱你，痴迷于你带给我独特的感觉。6年来，我从本我的意识深处，向你传递我对你的狂热，至今终于明白，为何会不间断地写信给你，因为每一行文字都跨越时间与空间，凝结成无悔的深情厚意。在我幻想中的一片爱情海中，独自游着，始终与你有万里之隔。视线所及，是你所生活的城市伦敦，一眼而已，就难以抑制内心的冲动，想不顾一切飞奔到你的门前，守候着你的似水柔情，奈何痴心妄想换来绝望，暴风骤雨之中，暗藏敌不过凛冽辛酸。

爱苏拉，我的耳边时常响起你的言语，我的眼前时常浮现你的身影，你是迄今为止我见过最美的女人，每念及此，浓情蜜意便挥之不去。

爱苏拉，我被幻想折磨至今，催生出对痛苦难以言说的感应，正因如此，对于存活于世的其他受苦之人，我心生同情与怜悯，而我的痛苦则通过绘画得以削弱，绘画就是我的救赎之路，你家的花园、长窗、大门，都在我的笔下复活。亲爱的爱苏拉，对你热烈且持久的爱，变成灼热的笔触，不眠不休，去探寻与你有关的一切。那些不可碰触的痛苦，变成挥之不去的折磨，酿成抵挡不住的力量，掀起波涛汹涌。爱苏拉啊！笔尖在画布上摩擦，所触之处可是你吗？我失去了你，世界由此黯淡无光，终日在黑暗中度过。

……

爱苏拉，你对我的爱情一无所知。

……

爱苏拉，我为你画地为牢，而牢狱的大门由你开启。我没能拥有你的爱情和幸福，但若是你能够拥有，你能够平安喜乐，这就是我的快乐。我所说的每一个字，不掺杂半点虚假。我追寻着自己的事业，在画布上随心所欲，如同沉默的向日葵。上帝的光没能均等地照耀在大地上，我则要去创造普世的阳光。这条路艰苦坎坷，我心知肚明，但我已然 24 岁，或许未来仍碌碌无为，或许未来仍愚笨无知，都不怕。

亲爱的爱苏拉，恳请你的原谅。我的灵魂脱离了我的肉体，我要依靠绘画去表达自己，绘画即我的全部人生，蕴含着我对万事万物的态度，我将对生活的见解无拘无束地泼墨于画布之上，这一生已然圆满。即便世人对我的画作不理不睬，也无所谓。

……

爱苏拉，除去你的笑容，这世间再无一物能令我颤抖。因我自己之故，丧失了你的幸福，击溃了我的泪腺。爱苏拉，我渴求拥抱你盛大且丰富的生命，我在画布上留下一道道磨灭不了的伤痕。天空蔚蓝，我却在坠落……

文森特

波里纳吉

1879 年 冬

你的爱情让我充满灵感，让我的画笔变得多姿多彩

——梵·高致凯伊（节选）

最爱的凯伊：

……

拯救我吧！你最真挚的爱将能够把我救赎！凯伊！我的凯伊！你怎么会忍心离开我呢？你的爱情让我充满灵感，让我的画笔变得多姿多彩。我沉溺在你给我的爱中，想起这几个月以来种种的折磨，全都是因为受你的情爱所困，也只有你能够成为我的解药，解救我的痛苦，安抚我支离破碎的身心。凯伊，你是我生命的决策者，你可以决定我到底是痛苦还是欢乐，这些强烈的感觉全部取决于你。凯伊，我恳请你，赐我一个美满的人生，请不要看着我在痛苦中沉沦。请你允许我生活在温暖的阳光中，你是我的星光，是我的田园，是我的灵魂……

文森特

爱顿老家

1881 年 11 月

詹姆斯·乔伊斯

1882.2.2-1941.1.13

1902 年 6 月，乔伊斯在都柏林大学获得现代语学士学位。同年 10 月，乔伊斯到圣西希莉亚医学院学习，11 月初，因为经济窘迫放弃了学业。1904 年，乔伊斯开始创作短篇小说集《都柏林人》。这本书经历了 9 年才得以出版。

1904 年 6 月 10 日，乔伊斯在创作短篇小说《都柏林人》期间，认识了正在柏林一家饭店打工的诺拉。乔伊斯第一次和诺拉约会时，被她放了鸽子，直到 6 月 16 日，他们才第一次正式约会。后来，乔伊斯为纪念与诺拉的相遇，把他们第一次约会的时间作为长篇小说《尤利西斯》里故事发生的时间。

他们结婚后，乔伊斯在一位校长的帮助下进入里雅斯特分校任教，而后，他们在离城 150 英里远的伊斯的里亚半岛上的小城普拉安顿下来，先后生了两个孩子。但他们原本平静的生活被第一次世界大战打断。为了求生，乔伊斯带着妻儿前往苏黎世避难。

一直到一战结束，他结束艰难的生活，带着妻儿来到巴黎，开启新的生活。尽管此时乔伊斯名利双收，但他的生活并不平静。乔伊斯的女儿露西娅和儿媳妇先后精神失常，他寄予厚望的著作《尤利西斯》未得到应有的重视，曾经的挚友们也逐渐分道扬镳。唯一值得欣慰的是妻子诺拉一直陪在他身边，给他安慰。

1939 年，乔伊斯一家为了躲避第二次世界大战又来到苏黎世，也是在这座城市，乔伊斯走完了人生最后一段路程。

其他

你对我而言是一种诱惑般的存在

—— 乔伊斯致诺拉（节选）

我亲爱的：

关于昨晚写给你的信，我恳请你能够原谅我。在我落笔的时候，我的视线一直停留在你写给我的信上，上面的字眼吸引着我，让我无法收回视线。对我来说，那些字母带着挑逗的意味，我无法抗拒，本能地想要靠近。

亲爱的，请原谅我的冒失，我写下的每一个字，绝不是为了冒犯你。对于我送你的名字——"篱笆边美丽的野花"，你觉得这是个美丽的名字，真开心你能够喜欢，是不是有些诗人的味道？此外，我还要送你一本书，这是一位诗人送给他挚爱的女人的心意。

……

我的爱人，你是属于我的，我爱你。我对你的爱天地可鉴。你对我而言是一种诱惑般的存在，你的眼神透过我的躯体，直击我的灵魂。

诺拉，你就是我的心肝宝贝儿，做我的主人吧，只要你愿意。

你永远是我心中最美丽的野花。

吉姆

1909 年 12 月 2 日

请直接用皮鞭抽我，直到我完全清醒

——乔伊斯致诺拉（节选）

我亲爱的小姑娘：

想到昨晚给你写的信，我都会为此感到惊讶。在日光之下，当你读着每一个字的时候，想必会觉得它们粗鄙，甚至让你感到厌恶。

……

天啊，我到底给我的女王写了些什么！粗言秽语，怕是要被你鄙视了。你会容忍我那些糟糕的言语吗？我知道，给你写这样的信存在一定的风险，但我又心存侥幸地想，如果你对我的爱是真的，就能够理解我已经被欲望逼上了绝路，我不得不说出这一切。

亲爱的宝贝，请告诉我你的答案。我对你的爱不会有半点改变，我对你说的话，绝对不会同其他女人提起，我只说给你听。可能你觉得这些话淫秽粗俗。但是，之所以吐露一切，是因为我坚信自己能够确定对你的爱。

不要因此而怪罪我。亲爱的，我的女王，我爱你，爱你的身体，魂牵梦绕。假使我的这些话让你觉得我是在冒犯你，就请直接用皮鞭抽我，直到我完全清醒。我爱你，诺拉，或许这些也是我对你的爱。请你宽恕我吧。

吉姆

1909 年 12 月 3 日

都柏林市，封特诺伊街 44 号

弗兰兹·卡夫卡

1883.7.3-1924.6.3

1912 年 8 月，卡夫卡与菲利斯·鲍尔结识并相恋。他们一个在布拉格，一个在柏林，每次相聚，都要坐 8 个小时的火车。卡夫卡和菲利斯远距离恋爱。他们第二次约会是在 6 个月之后，两人面对面时，没有亲吻相拥，约会很快便结束了。

卡夫卡认同爱情，却不认同婚姻，而菲利斯则向往婚姻生活。他们对婚姻的理解存在很多分歧。最终，卡夫卡将决定权交给菲利斯，恳求她结束这段恋情。

菲利斯最终选择和卡夫卡恋爱下去，他们努力去克服恋人间的矛盾，然而又一个新矛盾摆在他们面前。比起对菲利斯的喜爱，卡夫卡更喜欢投身文学创作，他们之间因卡夫卡写作引发的矛盾越来越严重，两人开始冷战。

在他们冷战的这段时间，菲利斯的朋友格蕾特俘获了卡夫卡的心。卡夫卡不再给菲利斯写信，转而写给格蕾特。格蕾特没能抵挡住卡夫卡的浓情蜜意，抛开与菲利斯的友谊，尽情享受起来。面对爱情和友情的背叛，菲利斯决定与卡夫卡分手。但是，卡夫卡与格雷特的爱情也并没有长久，他们也很快分手了。

1918 年 11 月，患有肺结核的卡夫卡为了调养身体，来到布拉格东边的小城什累申。在这里他遇见了 28 岁的尤丽叶·沃里泽克。尤丽叶长相甜美，性情爽朗，卡夫卡很快为她倾倒。1919 年 3 月，卡夫卡和尤丽叶先后回到布拉格。卡夫卡难以控制对尤丽叶的喜爱，随即给她写了封信，两人坠入爱河。没多久，他们便订婚了。卡夫卡一心想要同尤丽叶一起生活，紧锣密鼓地寻找合适的房子准备结婚，但他们原本定好的房子却被其他人租走了，他们不得已将婚事暂时搁浅。或许是命运的捉弄，这次没能完婚的卡夫卡和尤丽叶，终究也没结成婚。

1920年7月，卡夫卡遇到了生命中另一个重要的女人——密伦娜。

密伦娜为一家报纸的专栏撰稿，同时也从事翻译工作。她的丈夫埃伦斯·波拉克是个作家。18岁时，密伦娜为了爱情，不顾一切地与埃伦斯·波拉克私奔并在维也纳私订终身。她的义无反顾没能换来美满的爱情，丈夫的朝三暮四摧毁着他们的婚姻生活。正当密伦娜渴望丈夫宠爱的时候，她遇到了卡夫卡。

1920年4月，卡夫卡与密伦娜开始书信往来，他们从友情发展到爱情，感情进展得非常迅速。1920年6月30日，卡夫卡因工作路过维也纳，与密伦娜幽会。卡夫卡返回布拉格后，便将自己与密伦娜的事告诉了尤丽叶，并解除了和尤丽叶的婚约。卡夫卡和密伦娜分别后饱受相思之苦，他希望密伦娜与丈夫尽早离婚，但密伦娜不同意。同年8月，卡夫卡与密伦娜共赴小城格明德度过一个愉快的周末。此后，他们几乎断了联系，直到1921年秋天，密伦娜开始频繁前往布拉格与卡夫卡相见。卡夫卡对密伦娜非常信任，他将以往的私密日记和部分手稿全都交给了密伦娜，请她代为保管。

密伦娜渴望世俗的婚姻生活，卡夫卡无法满足她。最终密伦娜为了平凡的婚姻生活，放弃了与卡夫卡的爱情。密伦娜离开后，卡夫卡非常伤心，他的身体状况越来越糟糕。

1923年，卡夫卡来到波罗的海度假胜地米里茨休养。在这里，多拉·迪芒走进了他的生活。3个星期后，他们便迅速确定了恋爱关系。1924年3月，卡夫卡返回布拉格，4月10日，卡夫卡病情加重，难以开口说话，5月的时候，医生判断他的身体状况正在恢复。卡夫卡喜悦之余向多拉求婚。为了征求多拉父亲的同意，他亲自给多拉的父亲写信，但多拉的父亲并不同意他们的婚事。

1924年6月3日，41岁的卡夫卡在遗憾中离开了人世。

我写下某些段落的同时，所想的还有你

——卡夫卡致菲利斯

亲爱的菲利斯小姐：

这一次，恳求您不要生气。因为您希望了解我的生活点滴，我必然知无不言，这就会提及一些隐秘的事，所以如此称呼您，才能让我更加坦然。况且，我不认为这是一个糟糕的称呼，在我决定如此称呼您时，心里感到喜悦而满足。

写作构成了我的过去和现在，但遗憾的是，其中多是失败的经历。但如果让我放弃写作，就等同于放弃生命，如行尸走肉般活在人世间。我自知时间和精力有限，所以在诸多事务中坚定地做出了取舍，全心全意地投入写作中。如果我违背了这一点，那么迎接我的则是无休止的折磨。有一次，为了搞清楚我到底为写作付出了些什么，便一一写了下来。如此看来，为写作所付出的全部，皆是我心甘情愿的。我身体瘦弱，在我认识的人当中，应该是最瘦弱的一个。就是这副身子骨，全部奉献给写作了，没有丝毫保留。

如今，我日夜思念着您，正是这份思念让我在写作之外，有了新的寄托。当我从睡梦中醒来时，心中所想所念全部是您。许多时候，我会停下手中的工作，专心地想您。在此时，唯有写作的热情能够将我拉回现实。不知何时起，我感觉自己的胸口多了一个洞，风呼啸着从中穿梭，我不由地想起《圣经》中的一个故事，从而印证了自己的这种感觉。

我曾认为，当我全身心地投入到写作中去时，自然不会想您，但事实证明我是错的，您会同写作一起出现在我的脑海中。我写下某些段落的同时，所想的还有你。

......

写到这里，说得并不多，但不得不就此打住。我们在素未谋面的情况下，得以借助文字彼此了解，但并不急于在一时全部了解。

祝您身体健康，心情愉悦，让我的吻做印章，加盖在这份祝愿之上。

弗兰茨·K

1912 年 11 月 1 日

你是我见过的生物中最美丽的

——卡夫卡致密伦娜

亲爱的密伦娜：

你允许我的不正直，除我之外，怕是没有人能够如此。不知何时起，有许多东西正在消失，而我却无法振作精神。密伦娜，你固守一处，正值芳华，注视着世界的一举一动。我从一旁经过，你注意到了我，并善意地提醒我注意危险。我信赖你，这世上除你之外，我再也找不到可以信赖之人。

我察觉到，我们都是胆怯之人。我们来往的每封信件，"胆怯"落在信纸上的每个段落，都不是完全出于真心。这并非我们的本性，但可惜的是，这慢慢成为我们的本性。胆怯在绝望中生长，或许只有恐惧才能赶走它。有时我的脑海中会出现这样的场景，我们在房间中，房间的两扇门相对而立，我们各自攥着一扇门的把手，我们微妙的表情，就会将我们推到门后，直到门关闭后，再也看不见彼此。不过，门会重新打开，而我们会重新出现。至于其中奥义，我始终琢磨不透。

正如我对你所说，每当我写信给你，都会有两个时刻无法入睡，一是等待你的来信时，一是收到你的来信之后。如果没有写信给你，我可以小憩片刻，但随之而来的是满心的悲哀。如果我写信给你，便是停不下来的焦躁和不安。你我互相恳求，希望彼此暂时不要出现，但是又如何实现呢？我要如何做，我应该如何做呢？你是我见过的生物中最美丽的。见到你时，我甚至忘记了呼吸，忘记了天地，忘记了自己。我慢慢向你靠近，一颗心颤抖着，你如此善良，允许我来到你的身边，这让我感到快乐和骄傲！从你的眼中寻觅着我的命运。

弗兰茨·K

纪·哈·纪伯伦

1883.1.6-1931

　　1883 年，纪伯伦出生在黎巴嫩北部"圣谷"附近的一个村庄里。12 岁时，他的母亲因为无法忍受奥斯曼帝国的残暴统治，带着他来到美国，在波士顿的唐人街生活。15 岁时，纪伯伦回到奥斯曼帝国学习民族历史文化。随后，他返回美国，但在他返美的一年中，他的母亲、妹妹、哥哥 3 人先后因病去世，纪伯伦的内心遭受了前所未有的打击。

　　在给亲人看病期间，纪伯伦欠下了 15000 美元的债务，他将家中值钱的物件全部当掉也不够还清债务。纪伯伦一边写作、画画，一边打零工还债。他在波士顿的老师戴伊知道了他的困境后，第一时间伸出援助之手，无论经济还是精神方面。

　　1904 年，女校校长玛丽邀请学校的老师来家中小聚，戴伊也在受邀之列，他带着纪伯伦前来赴约，就这样，21 岁的纪伯伦认识了 31 岁的玛丽。受邀的老师都身着华服而来，唯有纪伯伦穿得有些寒酸，但玛丽没有因为他的打扮而怠慢他，相反地，她对他很热情。这次相遇，他们从陌生人发展成了朋友。

　　玛丽十分欣赏纪伯伦的才华，在她的指引下，纪伯伦的写作和绘画技巧取得了进步。为了让纪伯伦得到更好的发展，玛丽提议资助他去巴黎学习。纪伯伦虽然很想去，但也担心会因此增加玛丽的负担，但在玛丽的再三劝说下，纪伯伦接受了她的资助，前往巴黎学习绘画。

在巴黎学习期间，纪伯伦与玛丽靠书信往来，在频繁的通信中，纪伯伦渐渐喜欢上了玛丽。1910 年 10 月，纪伯伦返回美国，决心趁着这个机会向玛丽表达心意，他一到美国，就向玛丽求婚。玛丽在与纪伯伦的相处中也爱上了他，但考虑到双方的年龄差距，玛丽一直不敢直面自己的感情。反复思量后，她最终拒绝了纪伯伦的求婚。他们虽然没有成为夫妻，却成了彼此最重要的人。

　　1911 年年末，纪伯伦出版了中篇小说《折断的翅膀》，在书的首页，他写下了玛丽名字的缩写——"M.E.H"。

你的信能够让我重拾对生命的信心

——纪伯伦致玛丽

最亲爱的人：

当我受命运的重压而意志消沉时，我便反复读着你的来信，一遍又一遍，认真读着上面的每一个字句，直到重新找回自我。你的信能够让我重拾对生命的信心，督促我重新打量自己，及时从堕落的边缘回归本真。

玛丽，你就是我的全部，构成了我的世界。你对我感情的理解，成为我避免灵魂颠沛流离的圣地，我身在其中，获得庇护。最近，我与颜色有一场抗衡，互不相让，尤为激烈。但我敢肯定，我们二者之中必然会有一个胜利者。我在颜色里赋予了自己的灵魂。

玛丽，你是我心中最珍贵的明珠！夜已深，我要拖着困倦的身体以及纷扰的思绪去睡了。

哈利勒

1908 年 11 月 8 日

我的快乐来自于你，我的慰藉也来自于你

——纪伯伦致玛丽

亲爱的爱人：

我的快乐来自于你，我的慰藉也来自于你。你的白昼正是巴黎的夜晚，你好像身处另一个星球，但无论如何，你都是我最亲密的人。当我孤身一人时，你陪着我去散步。你姗姗走来，坐在我的对面。在这样美妙的傍晚，我专心倾听你的话，接连几个小时，我望着你，仿佛不在这个世界，也不在地球。

我记录了对现代艺术家的些许看法，他们在高谈阔论，用各自的方式谈论着。卡利的画让我沉迷其中，画中的人物或坐或立，都仿佛有云雾的遮掩。他对面部和手臂的画法有着极致的理解，他的生命同他的艺术一样，如此富有力量感。他有痛苦的过去，所以当他在诠释这种痛苦时，往往能够一针见血。

我的脑海中浮现出夏威夷的山峦和峡谷。我闭上双眼，仿佛能够看见你，亲吻着你的手。

哈利勒

1909 年 6 月 25 日

你值得一切的赞美

——纪伯伦致玛丽

我高贵的爱人：

你值得一切的赞美。但凡我能够有机会回馈你对我的恩情，我定当全力以赴，但即便如此，也无法将全部的恩情偿还清楚。我绝对不会忘记你的好，我爱你，用我的全部灵魂去爱。当我们觉得饿时，就去大快朵颐；当我们觉得渴时，就去痛快饮水，随后我们会觉得很满意。但当我们相爱时，却找不到任何可以缓解饥饿、口渴的东西。

在爱的不同维度之中，有着这样或那样的秘密，但我不会隐瞒任何事，我要高呼"我爱你"。

哈利勒

1911 年 5 月 25 日

正是你给我的痛苦，促使着我更加义无反顾地爱你

——纪伯伦致玛丽

我高贵的爱人：

你说要以上帝的名义来质问我，你岂能这样？你说由于我对你的看法而让我始终难以快乐，我不晓得你的这种想法是从何而来？痛苦是什么，快乐又是什么？你要怎样才能将这二者分开呢？正是这二者集合而成的力量才促使着我们前进，所以，你是不能将这二者一分为二的。毫无疑问的是，美好的事物本身就存在痛苦与幸福的两面性。

玛丽！你在让我感到快乐的同时，的确也存在让我痛苦的部分，但是，也正是你给我的痛苦，促使着我更加义无反顾地爱你。

哈利勒

1912 年 3 月 10 日

萨尔瓦多·多明哥·菲利普·哈辛托·达利－多梅内克

1904.5.11-1989.1.23

1929 年，达利在卡达克斯度假时，对法国诗人保罗·艾吕雅的妻子加拉一见钟情。

达利见到加拉的第二天，便单独邀请加拉去游泳。为了吸引加拉的注意，他将自己的衣服做了一番改造，还将羊粪和香料混在一起作为香水涂在衣服上。面对这样怪诞的打扮，加拉没有反感，反而认为达利很特别。

度假结束后，加拉留下来与达利同居。达利很在意加拉与保罗的夫妻关系，在他的作品中，显露了他对这段三角关系的真实看法。达利的父亲极力反对他与加拉的恋情，甚至将他赶出家门，与他断绝父子关系。为了表示自己义无反顾的决心，达利创作了画作《加拉与达利》。对达利而言，加拉是他生命的全部，他可以不依赖父亲而活，但不能没有加拉。

达利不惜一切地爱着加拉，这让保罗开始重新审视自己与妻子的未来。对达利来言，加拉是他的全部，但加拉对保罗也很重要。但最后为了加拉的幸福，保罗退出了他们的三角关系。

1943 年，加拉与达利结为夫妻。达利结婚后一改往日的阴郁，对生活充满了希望。达利在婚后的创作中开始向两个极端发展，一面是自己内心深处的阴郁，另一面是加拉带给他的美好。达利原本对宗教题材不感兴趣，婚后却逐渐以虔诚的心态创作宗教类画作。

在他的作品《加拉丽娜》中，他诠释了加拉对他的多重意义，她是妻子，是母亲，是挚友，更是他的缪斯女神。达利与加拉结婚后的第七年，两人迁居美国。从前满脑子疯狂念头的达利，慢慢平和了下来，他的笔下开始出现温柔的气息。

1982 年 6 月 10 日，加拉去世，这给达利带来了沉重的打击，他的生活一瞬间失去了全部的意义。达利曾多次试图自杀，但都没有成功。1989 年，达利心脏病突发，在费格拉斯医院去世，他的遗体被注入了防腐剂安葬在了达利博物馆中。

对父母、财富、毕加索的爱，都不及你

——达利致加拉（节选）

亲爱的加拉：

对父母、财富、毕加索的爱，都不及你。加拉，我为了你而创作，这每一幅画作都流淌着你的血。所以，自此以后，在我每一次署名的时候，我都要写上加拉－萨尔瓦多·达利，你与我本就是一体的。

你的达利

弗里达·卡罗

1907.7.6-1954.7.13

弗里达·卡罗是一位充满传奇色彩的女性，也是墨西哥的艺术瑰宝。她一生多灾多难，但从不缺少爱。她不是一般意义上的美女，浓密的眉毛连在一起，甚至还有些许胡须，然而爱她的男人前仆后继。

弗里达6岁的时候，患了小儿麻痹症，两条腿一长一短，走起路来有些摇晃。虽然身体上有残缺，但她天资聪颖，尤其擅长画画。上学时，许多懵懂的少年都对她情有独钟，其中，阿莱·詹德罗俘获了她的芳心。1925年，18岁的弗里达与阿莱不幸遭遇车祸，弗里达身受重伤。弗里达躺在病床上的时候，阿莱提出了分手。弗里达的母亲为了让女儿振作起来，专门给弗里达定制了一个画架，让她躺在床上也能照常作画。画画成了她的精神寄托，她将痛苦挥洒在画布上。经过一个月的治疗，她可以下床走动了，但后遗症带来的疼痛伴随她一生。

有一次，弗里达在礼堂进行创作时，被一个男人吸引了，整整3个小时，她都不愿意挪开目光，一直不停地望向他，这个人是迭戈·里维拉，他被誉为墨西哥"壁画三杰"之一。迭戈没有英俊的外貌，也没有挺拔的身材，但弗里达痴狂地爱着他。迭戈也无法抗拒弗里达的魅力，在弗里达22岁、迭戈42岁那年，他们结为夫妻。婚后，迭戈守护着疾病缠身的弗里达，包容着她的叛逆，指导弗里达画画。在迭戈的呵护下，弗里达的生活焕发出新的光彩。

1930 年，迭戈与弗里达结伴前往美国发展，那时弗里达已怀有身孕，但是，曾经遭遇的车祸毁了弗里达的身体，她的子宫无法孕育生命，在一次大出血后，她流产了。这次流产让她仿佛跌落深渊，痛上加痛，幸亏迭戈始终照顾她。在美国待了 4 年后，他们返回家乡。这时，弗里达发现丈夫与妹妹克里斯蒂娜关系暧昧。丈夫的背叛让弗里达难以接受，她剪去了自己的长发，并向迭戈提出分居。

面对丈夫的背叛，弗里达准备回击。她的爱慕者很多，日裔雕刻家野口勇是其中之一。克里斯蒂娜因对姐姐感到愧疚，曾为弗里达和野口勇的私情做掩护，可迭戈最终还是发现了他们暧昧的关系并暴跳如雷，而弗里达毫不在意。不久后，弗里达又与迭戈所推崇的俄国政治家托洛茨基发展成了恋人。当时，托洛茨基已经 60 多岁了，他们的关系没有维持太久，最终弗里达以一张自画像作为分手礼物送给他。弗里达还与法国女画家兰芭有过一段如胶似漆的时光。迭戈无法容忍妻子与其他男人在一起，却能接受她与同性之间的恋爱关系。

弗里达与迭戈的感情被各自的背叛逐渐消磨，两人最终离婚。重获自由的他们，没有体会到自由带来的快乐，反而深切地认识到对彼此的爱。迭戈对弗里达朝思暮想，尤其为她的健康担忧。最后他们又走到了一起。

1953 年，弗里达的右腿发生病变，被迫接受截肢手术。一年后，她离开了这个世界。弗里达的离世掏空了迭戈的心，他人生最后的三年过得郁郁寡欢。

我比以往任何一个时刻更爱你

——弗里达致迭戈·里维拉

迭戈:

我的爱人，希望你在完成那幅壁画后，就能与我在一起，永永远远，永不分离。我们之间没有争吵，没有矛盾，唯有对彼此忠贞不渝的爱。

我的爱人，我比以往任何一个时刻更爱你。

弗里达

1940 年